阿嬤的故鄉

陳林——著

推薦序

屏東縣立委 莊瑞雄

踏上政壇，在律師領域為人民爭取公義，主持替台灣人發聲的「綠色和平電台」，重回母校進一步攻讀臺大農業經濟學碩士，所以一路走來，大半光陰，我都是輾轉奔波在台灣農村，與這片土地的子民一齊喜怒哀樂，和大家共度悲歡歲月。

踏遍大小鄉村，相信大多數人皆會與我同聲一嘆：台灣農村最後都難免步入被冷落的無奈宿命，能搬走的人，都不願意留下來，只拋給故土一縷孤伶詩意。

但是，也就是因為生命中一半歲月與農村為伍的寶貴經驗，我絕對可以毛遂自薦，傳遞另一層喜訊給所有關懷此重大議題的朋友：故鄉風兒的簌簌氣息，蓊鬱孤挺老樹的沙沙招呼聲，深淺溝圳的瀅瀅水色，時時都在撩撥著每一個遊子心弦，故土逐步凋零，卻依舊傳送著縷縷不絕，令人心神迷醉的溫馨氣韻。

凋零，並未凋謝；冷清，卻是溫暖如昔。更幸運的是，天佑台灣，這一、二十年，一些遠離故里，飛越汪洋，落足台灣的外國年輕女孩，及時替冷清村莊注入一股熱絡活力，也因為她們加入台灣這個大家庭行列，生命力源源不絕，不斷在每個角落立足茁壯；溫潤吐納生生不息，繼續從台灣每一寸泥土中浮湧而出。

但是，相信大多數人皆會與我黯然喟嘆，至今依舊有不少台灣人不知疼惜、不懂感謝這些離鄉背井的年輕女性，層層領域中，屢屢將她們視為次等國民，卻不知，這些新住民的移入，正就是引領台灣邁入文明先進國家的絕佳契機。

「阿嬤的故鄉」，作者陳林，屏東縣林邊鄉人，在這議題，他與我，也是同聲喟嘆，藉由故鄉農村的故事描繪與文字書寫，希望能扭轉一些台灣人看待外籍新娘的偏差心態。

謹以此文推薦此書，將我的感激呈現給出生在異國，卻在這塊土地與我們同步生息作養，一齊喜怒哀樂的所有女士。

謝謝妳們！

目
次

目次

一

阿嬤的故鄉位於大鵬灣與鎮安沼澤的附近，介於林邊溪與鎮安沼澤之間，坐落在溪流北岸的一個小小村落，名為「官埔村」。

這個小村子離林邊溪的出海口尚有一段距離，除非你站在高聳的水泥堤防上，否則，行走於這個村落，看不到海，天氣晴朗時，則可以在堤防上眺望海口，這時你就能欣賞慵懶的浪潮在沙灘上綴飾出一條條迷濛水花。

這是離林邊鄉鬧區有一大段路程的偏僻小村了，人口很少！很少！戶籍登記在此的村民本來就不多，再加上年輕人絕大多數都不願意挑擔起祖先傳承下來的農耕生活，一直往都市跑，整個村莊幾乎都快變成專供中老年人以及幼童歡聚的祖孫樂園。

走一趟村裡任何一條道路，不用挨家挨戶找人，隨便逛一逛，你幾乎就能跟所有的居民點一次頭，問候過一次。

村裡的人，能搬走的都搬走了，幾落看來頗有歲數的低矮磚瓦老屋四散分置，身影靜憩，撩人思古幽情，飄散著孤寂詩意，看得出原本是一整個家族老老少少繁忙進出的大大古厝，此時卻只住了寥寥幾個人。

的確，位處偏僻溪流邊的官埔村和所有台灣農村最後都會同樣步入被冷落的無奈宿命，村裡能搬走的人，都不願意留下來，只拋給故土一縷孤伶詩興，但是，陸續嫁進來的外籍配偶又即時替這冷清的村莊注入一股熱絡活力，畦畦農田也因此免於淪入步步荒蕪的淒涼命運。

這裡從來不鬧小偷，因為沒有人敢進來偷東西，是居民兇悍嗎？哈哈，哪有可能？而是陌生人一踏入這個村子，每個人都會親切主動上前探問：「想找誰啊？要不要我幫忙？」大家想想，哪個白癡小偷還會到村裡頭來尋寶？

「曉玲啊！騎慢一點！別摔倒！」

小朋友偶爾會騎著腳踏車在在村內道路飛飆，大人高吼的往往不是「注意車子」，而是怕摔下或是撞到圍牆，或是撞到悠遊踱步在村內的雞鴨鵝。

陳曉玲的媽媽來自泰國，今年暑假剛升到國小四年級，算一算也有十一歲了，看來她媽媽嫁來台灣應該有十二年左右了。

「明仁啊！騎慢一點！別撞到阿坤叔公跟狗狗！」

王明仁的媽媽來自越南，今年國小二年級，看來他媽媽嫁來台灣應該有十年左右了。

阿坤在村裡緩緩踱步時，後頭一定跟著狗狗，他的動作雖還不至於遲緩呆滯，但是好像也不會主動閃躲飛馳中的小孩子，經常讓大家為他捏一把冷汗。

村外有一條寬闊直挺的東西向大馬路，串連起東方的竹林村和西向的林邊市區，不管你是從林邊市區而來，或是從竹林村往西而行，從大馬路彎進官埔村之前，必須爬上一個斜坡，因為橫在村外的是一條長長的土堤，這條土堤很長！很長！而且，彎彎折折，不知起頭何在，也不清楚哪邊是尾端。

土堤上站著一棵老茄冬樹，就像威嚴長輩一樣，清晨到夜晚，盯著村民進進出出。站在樹下舉頭張望，四處伸展的枝枒彷彿是一片濃密森林，從大馬路或村內望過來，樹冠又宛如是一座翠綠小山。

絕大多數人都沒搞清楚，從大馬路要進入官埔村，穿過村內，林邊溪畔高聳的直挺挺水泥堤防就在另一方，為何還會要翻過一條長長的土堤？而且，土堤後方與水泥堤防中間的寬闊平原中不但田疇綿延，還有一個小小的聚落？

老村長阿諒是這段歷史的活字典，平常他都不會主動去聊這一段有如土堆堤防的來龍去脈，但是如果你有興趣，不問則已，一問，保證他就興致勃勃，說個不停。

暫且先跳過這一段陳述，後續章節之中，我再解釋。

除了從堤防上衝進村內那一小段斜坡，村內幾乎沒有一條直挺的道路，每一條狹窄小徑都是曲曲轉轉，兩旁則隨興錯落著一間間儉樸屋舍。

將機車速度放到最慢，在小路內溜走，房舍毫無規則地四處散落，低頭時，身旁俱是參差不齊的簡陋建築。破舊崩頹，久未修葺的老式石牆屋之間偶爾穿插著幾棟較為體面的新式樓房。

仰首不見村外大馬路，也不見堤防，你一時無法感受到此地就是林邊溪旁的小聚落，卻在機車一個小小的轉彎之後，抬頭撞見翠綠枝葉迎風招搖，這時你又能真切體會出這個小村子的確就是被包圍在一畝又一畝的蓮霧園中。

林邊鄉的農地有八成以上都是種植蓮霧，這是聞名國際的地方特產，被果菜市場稱之為「黑珍珠」。

這個南國小鄉為何會種出如此珍貴的水果？

三十多年前，養殖業在海岸那邊的村落大量抽取地下水，林邊歷經嚴重的地層下陷，海水不但從大小溝渠和絲絲細流入侵鄉民住家，更是全面蹂躪林邊鄉數百公頃的肥沃良田，離出海口數公里的林邊溪畔盡成不適耕種的荒棄農地。

地層不斷下陷，政府束手無策，海水倒灌導致農地嚴重鹽化，就連最有耐力的農作物也難以存活，這根本就是農民最難以承擔的噩夢啊。

一雨成災，潮湧潮退，百草枯泣，群樹凋零，土地節節敗退，農民欲哭無淚！

但是大家發現，林邊溪畔和附近宛如絲絲葉脈的小支流旁，幾棵野生蓮霧，以前樹下滿地盡是酸澀難以入口的落果，無人理睬，只有不挑嘴的鳥群和蟲蟲願意捧場，卻在歷經這一番土地浩劫之後，突然變得顆顆烏黑發亮，甜美異常！

土地浩劫反而造就遍野珍貴水果，林邊鄉民開始爭相投入蓮霧種植，「林邊黑珍珠」逐漸轟動全台灣，甚至還能以令人嘖嘖稱奇的高等價位賣到日本！

目前台灣也有幾處種植蓮霧的鄉鎮，那些農民一樣是「土地的藝術家」，但是缺少台灣海峽波濤浪花與林邊溪從大武山上一路而來的甘美活泉相互擁抱之後，所孕育而出的這麼一片奧妙土地，種出來的蓮霧，就是少了那麼一道美妙的風味！

二

陳素珠今年已超過七十歲，一頭蓬鬆的捲髮濃濃密密，宛如是一個大鳥巢，卻不見一根黑髮。寫著風霜的愉快臉蛋不斷出現在村裡每一家的客廳與廚房，大夥閒坐聊天的庭院當然也少不了她的身影，對村民遇到的麻煩問題或是家務雜事一向待以溫馨的關切，她最常掛在嘴上的話就是：「這村子有多大？還不都是一家人嗎？」

她守寡幾十年了？不但村民說不出一個正確數字，就連阿珠自己也不清楚。唉喲，還算那個幹什麼啦？呵呵，我現在不是過得很愉快嗎？大家在閒聊時偶爾會提起這樁傷痛往事，阿珠總是用如此開朗的語調回應著。

年輕時，連續生了五個女兒，一年生一個，就是生不出一個她丈夫和公婆期盼傳續香火的男孩。

丈夫就在第五個女兒出生不久後就被軍用卡車撞死在堤防外的大馬路上。她只拿到軍方有如雞肋般的賠償金，茹苦含辛帶著五個尚未成年的女兒，照顧一對傷心欲絕的公婆，死守家園，就只靠著屋旁一畝菜園和林邊溪河床裡一塊番薯田地撐起這個家。

阿珠擅長烹飪，煮得一手道地的台灣菜，她在家先行料理好一些菜餚，推著一部用木片和鉛片拼湊而成的四輪車，四處叫賣。清晨時，她總會將推車擺在土堤上，兩個簡易圓桌，幾張小竹椅，就這樣做起生意來。

官埔村當然是她主要的營生地點，偶爾，她也會把種植在自家庭園的蔬果或者是在林邊溪捕抓來的魚蝦蟹擺放在推車上，越過村外那條土堤，推到林邊鄉內的市集，做點小生意，順便到大市場添補其他蔬菜、魚、肉等等各種食材。

推車原本就是不輕，如果再滿載蔬果與水產，遇上那條土堤，上坡、下坡不但都是苦差事，而且也相當危險。每次都有村人會主動湊過來幫忙，但是阿珠從不願勞煩他人，大家也只好跟在一旁警戒，準備在她力道不濟的時候趕緊出手相助。

就這樣，阿珠年輕時苦幹硬幹，一年三百六十五天，從來不知假日為何物，旅遊休閒？那不是她人生該有的奢侈。「我很認命啦。」她總是如此回應苦勸她偶爾跟著大家搭遊覽車出去玩幾天的村民。

逐步擺脫喪夫陰霾，長女卻在十幾歲時淹死在林邊溪，阿珠這次也不敢傷心太久，因為她很清楚自己的重責大擔，四個千金和兩個傷心透頂的公婆需要她帶領走出陰暗天地，她很快就站了起來，擦乾眼淚，上前挑戰一波波迎面而來的更大挑戰。

阿珠年紀已經不輕了，但是問到她一手拉拔長大的幾個孩子，別說年紀與生日，就連哪一個是幾點出生的，她也記得一清二楚。幾歲到外地讀書？幾歲在補習班窩了一段間？甚至連每一年的成績單她都能琅琅上口。

四個女兒通通讀到大學，而且通通嫁出去了，更讓阿珠得意的就是四個女兒都找到理想歸宿，各個在大都市裡都有不錯的工作。

公婆，這兩個跟阿珠同樣歷經兩次重大打擊的老長輩，年歲逐年上攀，最後就在心懷對這位苦命媳婦的感激摯情，嘴角掛著了無遺憾的微笑，安然撒手而去。

吃苦了一輩子，捱過椎心刺骨的喪親傷痛，如今在她臉上流露的卻盡是生命任她予取予求的篤定與自信。

四個女兒都嫁在都市裡，孩子一個一個出生，阿珠一個人住在林邊鄉下，一個人住在老家，一個人煮飯自己吃。她寂寞嗎？呵呵，哪有可能？除了女兒女婿不時開車帶著孩子回家噓寒問暖，搬出官埔村的人，不管在外頭的成就如何，只要一回來走走，一定都得找她聊一聊，開開玩笑才肯離去。

整個村子的人事物，喜與怒，哀與樂，盡是在她的腦海中漂泛浮沉，整個村子所有家族的條條過往，興和衰，榮和辱，一一烙印在她腦門裡。

她到處串門子，哪一家人的孩子在外讀書，哪一家人的孩子在都市工作，她也都是如數家珍。雖然別人家孩子跟孫子的名字她很難記下來，但是那些晚輩的狀況她比村子裡任何一個人都還清楚，就連老村長有時因公務之需，也得先問問她才不會搞錯。

現在介紹老村長。阿諒壯年喪偶，靠著幾畝香蕉園拉拔起幾個孩子，孑然獨身，等孩子們都已成家立業，通通在外地發展，他也已經一身老骨頭了，這才將田地租出去，讓種植蓮霧的村人接手。

阿諒今年都快八十歲了，每次村長選舉都沒有人願意出面跟他競選，一幹就是好幾屆，每次被推出來，他都會抱怨：「聽清楚喔，這是最後一屆了，總該讓我這把老骨頭休息了吧？你們這些年輕人還真懶啊，沒有人願意出來服務村民，下一次就算全村的人都來拜託，我都不可能再幹下去了，真的，沒騙你們，我是說真的喔，再叫我幹下去，我！一定跟你們翻臉喔，不相信，到時大家就試試看。」

說是這樣說啦，但是每到選舉，村內照樣沒有人會跟他搶這個職位，各各推辭，理由千奇百怪，反正啊，擺明就是要阿諒繼續幹下去。

「除非是整個村子都被大水沖走，否則啊，我看你還是乖乖認命吧，做到躺進棺材才准你休息，哈哈！」阿珠最喜歡跟他開開這種帶有觸霉頭意涵的黑色玩笑，阿諒卻也不敢頂嘴，只是搖搖頭，嘆嘆氣。

老村長就住在阿珠家不遠處，中間除了幾塊畸零空地和陽春小菜園，兩人的住處就只隔了一棟房子。

這棟房子的一道牆最近破損了一大片，但是外側還有一座非常完整的水泥樓梯，從窗戶旁延伸到樓上陽台。

房子沒有人住嗎？當然有，阿坤一個人就窩在房間不像房間、倉庫不像倉庫的屋子裡。味道不好聞，倒不是他不洗澡，而是油漆的味道嗆鼻。

阿坤身旁沒有家人，但是他並不是沒有結婚，老村長說他在生了一個孩子之後精神就開始不正常，太太把孩子帶走，離開林邊，從此不再回來。為何會有這種少了一道牆的房子呢？這也是跟「八八水災」有關，本書後半段有交代。

阿坤皮膚粗糙，黝黑發亮，看似年紀不小，但舉止卻像小孩，而且喜歡在牆上和電線桿畫小孩。

阿坤家中油漆罐子堆積如小山，他是油漆匠嗎？哈哈，不是啦，他是畫家，一天到晚拿著油漆罐子到處亂畫的另類藝術家。

村內村外，大小電線桿無一倖免，銀色電線桿基座不用多久就變成藍色，台電還未招標改回銀色，阿坤又將它們改成紅色，台電還在傷腦筋要不要趕緊招標，阿坤又將它們改回銀色，而且，還附送畫上幾個小孩子。

阿坤從不會在村裡別人的房子牆壁上作畫，哪怕只是一小塊牆，他都不會擅自在上面塗鴉，但是碰上公家機關的財產他就不客氣了，沒有一項躲得過他的刷子和畫筆。

尤其是他自己那棟老舊房子，幾片牆面都成了他的畫布，畫了又畫，小孩的畫像滿布牆面每一角落，拿著奶瓶的幼兒，抱著玩具的幼童，寫作業的小朋友，揹書包的小學生，騎腳踏車的小孩，拿著釣具的小男孩。

畫到沒有空間了，他又提著塑膠桶，走到林邊的五金行買來一大罐白色油漆，將原來的畫塗掉，然後又開始作畫。

外地人第一次踏進這個村子，一定會在屋前停留，欣賞一下阿坤的大作才捨得離開。

尤其是有一輛轎車，經常停在他家前面，沒有人下車，也不肯放下車窗，村人好心湊過去想問個究竟，隔著深色玻璃，約略可看出開車的是一位年輕人，但每次有人輕敲玻璃窗，或是出言關切時，他就將車子緩緩開走。

阿坤的肚子不知道是裝了肥油還是藏著蛔蟲，圓得像一顆大西瓜，不論冬天或是夏天，他都只穿薄薄內衣，寒流來襲，村人會幫他添加一件外套，但是經常一轉眼，又見他上身只剩單薄衣物。

平常他都走到林邊鄉內買個便當，一邊吃，一邊走回官埔村，幾隻狗狗就跟在他後頭。

進入村內的土堤上，一張破舊藤椅永遠擺在路旁的老茄冬樹下，沒有人會移走這張椅子，因為阿坤會在這裡慢慢吃完便當，餵食狗狗，然後舒服斜躺在藤椅上，指著土堤外的大馬路，絮絮叨叨說些沒有人聽得懂的話。

而且，王明仁的媽媽還找來藤片，利用她未嫁來台灣前在越南藤具工廠當女工時學來的技術，將藤椅破裂的椅墊和椅背修補一番。

「阿坤叔很辛苦啊，天天幫我們巡視附近每一角落，回到村子休息，怎麼可以讓他坐破椅子呢？」阮氏拿來一張自己做的低矮小藤椅，就坐在土堤上，一雙巧手，幾翻來回，轉眼之間，阿坤專屬的寶座又換上新裝。

如果吃飯時間能看到他在村內閒晃，阿珠就會交代他不要亂跑，待會就端些菜飯到阿坤的家裡。老村長在鄉公所幫他辦好清寒津貼，每個月雖然領得不多，但加上大家偶爾會給點零用錢，也夠他不愁吃穿了。

從大鵬灣和鎮安沼澤飛撲而來的陣陣清涼氣流爬上土堤，輕撫著阿坤那顆圓滾滾的肚子，老茄苳枝頭嗶嗶作響，茂密綠葉嘵嘵不休，好像在和阿坤喁喁輕語。

三

孫子就快要全部回來了，阿珠這幾天心情好得很。

她照樣成天在村子裡走來走去，一家一家晃來晃去，回到自己的家後，就把那台推車裡裡外外擦拭得一塵不染，那個大灶也被她清理得乾乾淨淨。灶旁，椰子樹下，堆放著阿珠從溪底或是蓮霧園拖回來的樹枝和枯乾椰子葉。

阿珠喜歡站在已退休的推車與大灶一旁，這邊摸一摸，那邊動一動，空氣中盡是從四面八方湧動而來的熟悉況味，林邊溪的活活氣息，椰子樹的沙沙輕吟，而從大鵬灣方向吹拂而來的海風，總是會捎來水鄉澤國令人心神迷醉的飽滿氣韻，還有，就是從泥土中浮湧而出，源源不絕的溫潤吐納。

當年靠著那部手推車賺錢補貼家用，甚至是拉拔一家數口，擺在推車上一盤盤菜餚的情景至今依舊留戀在心裡頭，那股摻雜著予人溫飽和人情溫暖的絲絲食物氣息有如歲月觸鬚，長年縈繞在她心中，時時勾動著纖細情懷，更從未在記憶底層稍稍淡化。

第一道晨曦還未掙脫大武山那一頭的雲端與稜線，磚頭堆砌的大灶旁就已出現忙碌聲影，熱烘烘的柴火滾滾而起，大女兒劈柴、起火，二女兒幫忙切菜、炒菜，三女兒在廚房內張羅碗筷，兩個小女兒還躺在公婆身旁，酣足睡夢中。

現在的官埔村只有寥寥幾個老人和小孩，少數堅守農田的青壯年，再加上幾家蓮霧農戶娶來的外籍新娘，但是在當時，村裡人口還算不少，只要她將車子推到村子外的土堤上，不用多久時間，推車旁就聚集一群準備開飯的村民。有些竹林村的人也會停下來吃一頓豐盛的飯菜才繼續往林邊出發。

「哈哈，阿諒好像當時就開始當村長了吧？」阿珠每次一回想起中年時期的阿諒，牆上時鐘就恍若開始在她眼前倒轉。

阿諒當時嗓門大得很，坐在桌子旁吃早餐時，還不時調解村民之間的小爭執。推車旁，大人小孩來來去去，幾個天色未亮就出門幹活，剛從香蕉園或稻田、番薯田忙過一陣子的村民帶著一身汗水和泥巴回來時，也會坐在推車旁扒著飯，補充一下流失的體力。

幾個要趕到林邊火車站的高中學生，一大群準備走到林邊的小學生和國中生，匆匆在桌上扒著番薯稀飯，阿珠總會用夾子從菜餚中挑出較大塊的肉片，放在那幾個正在發育的孩子的碗中。

她會主動要求上學前的孩子坐在推車前那段狹長的桌面，目的就是要確定他們是否吃得飽。飽餐一頓需要多少錢，阿珠根本不在意，沒給錢也無妨。她很清楚哪幾個孩子家中困頓，垂首匆匆經過推車前，總會被阿珠硬是給叫了回來，因為阿珠可以從孩子的臉色中分辨出哪個孩子在家沒有吃過早餐就要上學。

幾個孩子吃完飯之後都會主動幫她清理一下推車上的吃飯空間，時間允許的話，還會幫她洗好碗筷，這才揹著書包往林邊鄉內出發。

「唉，那些孩子如今分道揚鑣，各分東西，他們的家庭是否也跟我的女兒一樣美滿？他們的孩子是不是也在都市過著如意的生活？」阿珠一靜下來，腦門中就不斷翻轉著那些孩子的去向，她總是為那些好久好久才能見一次面，或是一年才能見一次面，甚至長年不曾回來的村民牽掛。

「唉，阿坤呢？今天好像都沒看到他的形影，會不會一大早就溜到鎮安那邊去了？」其實阿珠最牽掛的還是阿坤這一家：「大學連續考了好幾年，當完兵後還在拚，每次都是只差一兩分，當時我看他在推車旁吃早餐時跟大家互動的狀況就發現他的腦筋大概不對勁了，跟他爸媽提醒，兩位老人家卻趕緊找來媒人，逼他結婚，唉。」

踱出家門，阿珠東張西望，搜尋阿坤的身影，就在一個牆角轉彎處差一點就撞上正在檢查村內煥然一新的電線桿的阿諒。

「阿珠，妳那幾個孫兒孫女應該快回來了吧？」阿諒老村長年紀雖大，對學童的寒暑假倒是清楚得很。

「昨天打電話去問過了，明天早上第一批，下午第二批。」阿珠得意極了，話閘子一開，就像是村長掛在電線桿上的廣播麥克風，幾乎全村的人都聽到了，沒一會工夫，身旁就聚攏了一群村民。

「呵呵，那個最大的男孫今年升高中了吧？」老村長對那位大孫子印象最深刻，因為上次春節回來時，這位從都市回外婆家的男孩，不像其他孩子帶著大小玩具四處玩瘋，他一家一家慢慢逛，對著每一副春聯的詩句品頭論足。

「沒有，國三而已，明年才升高中，哈哈，阿諒，你老糊塗了。」

「呵呵，孫子又不是我的，我哪能記得那麼清楚？」老村長雖當眾被頂了一句，卻笑得比阿珠更開懷：「但是他寫得一手好文章，我可是記得很清楚喔。」

「阿坤，不要畫，那根柱子人家台電才重新油刷過。」老村長這才注意到阿坤又在一支電線桿上塗塗抹抹，怪不得剛剛從林邊溪河床傳送過來的微風中攙揉著油漆味道。

今天他拿的是藍色油漆，手中抓著一支小刷子，耳朵夾著一支尖細畫筆，口中喃喃，刷子不斷比畫，電線桿上轉眼就出現一些人物，線條簡單，卻看得出他正在畫一群小孩在街道上玩耍。

一黑一灰，兩條狗狗溫順地跟在他的屁股後，阿坤畫得很專心，口中不斷喃喃不已，聲調忽高忽低，倒是狗狗不時回頭看看好奇的小孩子們。

四

「阿婆，早！」

背後先是傳來機車的引擎聲，阿珠還未分辨出這是哪一家的機車聲音，車上的兩人，一大一小就先親切地跟她打招呼。

「呵呵，慢慢騎，要到蓮霧園工作嗎？」

「是啊，阿婆您出來運動嗎？」機車上的年輕越南媽媽一口特殊腔調的台語，甜甜地問候著她，阿珠心中立即感受到彷彿有一絲緩緩和風飄送過來。

一二十年前，剛開始，先是一兩個菲律賓小姐嫁進來，後來幾個印尼新娘和泰國新娘也來了，而這幾年，越南新娘更是一個接一個加入，小小村子頓時成了小型聯合國。

路過蓮霧園，流轉在田野中的音樂就不再只有台語流行歌曲。

阿珠雖然聽不懂那些外籍新娘帶到蓮霧園裡的小型電唱機播放出的各國風格的

曲子，但是她一樣可以根據蓮霧園所在位置，輕易判別出流瀉在周遭的音樂是屬於哪一個國家，那是泰國歌，這是印尼歌，那是越南曲子，這一首一定就是菲律賓歌謠，因為村裡哪家蓮霧園的所在地，還有，媳婦是從哪個國家嫁進來的，她都一清二楚，就連幹了數十年的老村長也都自嘆不如。

呵呵，有時她也會在蓮霧園旁邊隨著電唱機胡亂哼唱幾句，自己在唱什麼，她當然不知道，但是一定會逗得那些外籍配偶哈哈大笑。

「Good Moring！」阿珠來到一處蓮霧園，她拉開嗓門，朝著園內一位拿著竹掃把清理落葉的姑娘大聲招呼。

「阿婆，早！您是什麼時候去美國留學啊，要不然怎麼會講英文，還會唱英文歌曲？」菲律賓姑娘最喜歡這樣子逗她，有時還故意朝著阿珠說唱著一大串英語，而阿珠總是回應以幾句自己也不知其義，胡謅亂編的話語，再配上兩人一串串的縱聲歡笑。

這四個國籍的南島姑娘陸續加入官埔村民的行列，而且也都在此立足生根，挺立腳下這片她們子孫即將代代繁衍的國境，還悄悄點燃遠方故鄉代代相傳的文化柴薪，因為，她們也將故鄉料理帶進這個小村落，阿珠一一在她們的廚房嚐過，剛開始，實在是吃不慣：「太酸，也太甜。」

阿珠把自己的拿手好菜全部端出來，慢慢教導這些南國新娘，各國料理因而逐步與台灣人習慣的傳統口味相互融合，久而久之，官埔村的家家廚房裡也因此又催生出來不少道風味獨樹一格，酸甜合宜，又微略帶有台灣風格的南洋熱帶料理。

阿珠很疼惜那幾個勤勞的外籍配偶，她總是認為那些遠從南方國度嫁到這裡的女子有著她年輕時代的影子，任何辛苦的工作都肯做。

「好命喔，現在的台灣女子。」阿珠一想起這些從南洋女子，心裡頭就湧現絲絲溫情。

溪底的臨時工作，不論是整治溪床還是修補堤防，拿起畚箕，個個都比男人還要上手；撿大水柴，劈柴砍柴，別說是從年輕時就一直拿著斧頭四處找柴火的阿珠，就連現在村裡的男人都比不上她們的身手；撈魚捕魚，清晨天未亮即出門，傍晚還得收成，載到市場叫賣，一身濕答答泥水，也從未聽她們唉唉抱怨。

尤其是蓮霧園裡的工作，淹水，噴藥，剪葉，修枝，疏花，蓋網，套袋，收成，分類，包裝，運送，每一道過程都須耐力與體力，這哪是現在台灣嬌生慣養的年輕姑娘所願意一肩挑起的苦差事？如果沒有這群南洋女子的參與，唉，台灣的農村會變成什麼鬼模樣？阿珠每次一想到這問題，臉上除了浮現一絲寬慰笑容，總還得吐出長長一口氣。

「好命喔，現在的台灣女子。」阿珠長長喟嘆一聲，又開始在心頭埋怨起村裡的年輕人，不論是男是女，不管是嫁出去的，或者是搬出去了，難得回來故土，有時一回來又是匆匆帶著小孩子離去，小小一個村子，有時就連大家都還未照面問候，車子又開走了，爬過村外那道長長土堤，往國道3號的終點駛去，出了村子，不到幾分鐘的時間，就在大武山引領層層山巒以疊疊映染的身影歡送之下，消失在北上的高速公路。

「看看人家這幾個外籍新娘，想回家看看她們的故鄉與阿母有多困難？村裡那些年輕人真是不知惜福啊！」

「阿婆，早！」阿珠目送那對母子離去，心中還在嘀咕，背後突然傳來一陣震耳呼聲，她被嚇了一跳，還未轉身就見一群小孩騎著腳踏車衝出村外，奔往林邊溪畔那條直挺挺的水泥堤防。

「呵呵，騎慢一點，不要下去玩水喔。」阿珠看著那一群小孩騎往溪邊堤防，她快速在腦海中搜尋這群孩子的身影，每個她都認識，卻總覺得無法釐清哪一個是哪一家的孩子，不過她卻也能辨識出孩子母親的國籍。

「這個的阿母是泰國來的，那個是印尼來的，最高大那個，可能快要上高中了，他阿母就是很早就從菲律賓嫁進村子裡來的。」阿珠望著這一大群身上流著兩個不同國度血統的小天使，獨自呵呵笑著：「我那些孫子就要全部回來了，到時又能跟這一群村裡的小孩玩在一起了。」

雖然女兒女婿經常帶著孩子回來看她，阿珠卻一直抱怨，四個女兒總是無法協調出一個共同的時間，讓七個孫子一道回官埔村，大家聚一聚。

尤其是今年春節初二，原本是一年一度，四個女兒一道回娘家的大日子，想不到因為交通壅塞的問題，大家零零落落回到官埔村，而且，還沒全員到齊，就有人吵著說必須先走一步：「阿母，很抱歉啦，同事那邊還有很重要的聚會啦，不能等其他的人回來團聚了。」

她雖然摸過每個孫子的頭，還讓七個孫子吻了一下她寫滿風霜的臉頰，紅包該收的收，該發的發，但還是一肚子氣。

五

才經過一天，阿珠身旁果然多了七個小孩，有男有女，最小的是幼稚園，最大的是國中二年級。這些都是她的孫子，在都市就業的女兒，暑假期間將孩子送回林邊鄉下，一方面拜託她這個寡母帶上幾天，更重要的是希望孩子能利用長假回到鄉下，多多接觸大自然。

「老是關在都市，就像飼料雞一樣，動不動就得帶去看醫生，一次就要好幾百塊，哈哈，想當年，阿母在這鄉下拉拔妳們這五個孩子，林邊的醫生跟本就賺不到阿母的錢。」阿珠每次叮嚀她四個女兒快快把孩子送回官埔，總是愛拿出這個話題，多講一遍。

「這個是致文。」阿珠拉拉大孫子的手，這次回來，謝致文已經比外婆高了一些，「我二女兒生的，暑假後就是國三，明年就要上高中了。」

「欣琪是妹妹，兩人差一歲，暑假後升國中二年級。」阿珠這時笑得臉上的皺紋都擠在一起了，「呵呵，別看我們欣琪小小年紀，又是住在都市，她啊，煮飯、洗衣、拖地板，樣樣都做得比大人好，以後啊，哪個男人有福氣娶到她——」

阿珠話還沒講完，謝欣琪就伸出雙臂，躲在外婆背後，抱著她的腰，身子搖呀搖，晃呀晃，阿珠知道她臉紅了，趕緊換上另一個孫子。

老村長和幾位老人從頭到尾都是滿臉笑容地看著這幾個恭謹排成一列的都市小孩，他們擺出最慈藹的神情，笑瞇瞇地聽著阿珠一一介紹她已經全部到齊的孫子。

「大家住得那麼遠，平常沒有機會聚在一起，趁暑假時大家通通送回來，一起住幾天，要不然這些表兄妹年齡慢慢大，以後恐怕就連在都市碰面也會變成陌生人囉。」阿珠很堅持，四個女兒跟女婿不敢抗命，幾通電話互相連繫後，決定派出兩部車子，陸續載七個小孩回來。

「什麼補習班？什麼才藝班？會比大家聚在一起，在鄉下玩幾天還重要嗎？」身旁七個孫子乖巧的模樣，再看看眼前幾村裡同年齡層的老人一臉羨慕的神情，阿珠更加得意了。

阿坤也站在一旁直盯著她的孫子，呆癡表情中竟然也流露著欣羨的眼神，他從年紀最小的張繁燕看起，逐一往上盯著瞧，來到最高大的謝致文，再慢慢從洪夢憶這一方慢慢看回來。

「衝啊！」

阿珠一得意，話題扯遠了，還沒介紹完，七個孫子就誤以為阿嬤開始要跟村裡的大人閒聊了，阿珠還沒有喊解散，大家就轉身拔腿往堤防衝。

望著捲塵而去的七個孫子和眾人呵呵笑著的神情，阿珠臉上又堆起咧到耳邊的大大笑容。

原來，村裡幾個國小、國中的孩子早已經在廟前老榕樹下等候多時了。腳踏車通通擺在家裡，今天不騎出來，大家在廟前集合，高興得蹦蹦跳跳。等眾人集合完畢，最年長的林漢中只喊了一聲：「出發！」也沒說要到哪裡，只見大家爭先恐後湧向廟前那條小徑，離開老榕樹遮天蔽日的濃蔭，一起奔向堤防。

低年級的跑前面，年紀較大的在後面壓陣，歡叫歡呼，響徹雲霄，廟前通往溪床的狹小產業道路此時宛如千軍萬馬狂奔而過，蓮霧園枝葉翻翻輕搖，就連匍匐在濕地的大片雪白水蕹菜花也隨之款款律動。

「好臭！好臭！」跑過兩棟大型豬舍時，大夥掩鼻，大笑之聲卻一樣不絕於耳，「哈哈！臭死人啦！」

爬上堤防的水泥階梯，大孩子伸出手來想牽小孩子，但是沒有人願意被牽著走上堤防，就算動作比較慢，他們照樣雙手扶著階梯一旁的不鏽鋼管，一步一步緩緩爬上去。

站上堤防，面向溪流，左方數十里外的大武山巍峨矗立在屏東縣與台東縣交接的東方天際，湛藍身影令人著迷。幾絲白色細流懸掛在山腰間，距離遙遠卻依然能讓人清楚感受到輕緩擺動的韻律。

層層山巒相互掩映，巒峰細膩的稜線暈染著薄淺的黛藍，幾朵雲兒輕盈如蠶絲，披掛在山腰間；右方靠近出海口的林邊橋平穩橫跨過溪流，海岸線一方，白浪綿綿，有如在風中緩緩挪步的滿地花絮，虛幻而飄邈。

從竹林村展延到官埔村，再從這裡直通林邊鄉內，這一段河堤都是用水泥與紅磚鋪設過的堤防步道，單調的水泥步道幾乎是成一直線，直挺挺地從林邊大橋一路延伸過來。

一群國中小和幼稚園的小孩一列排開，全部站在堤防上，首先印入眼簾的就是對岸佳冬鄉的大武丁村。那棵老榕樹有如卓然不群的鐵漢，挺立在對岸堤防上，粗壯高大的身軀矗立在一片以灰藍色為背景的晴空中。高細的檳榔樹和低矮蓮霧樹林頂著片片耀眼翠綠，羅列在對岸的河床裡，宛若是壯盛大軍，死守在河床，準備和雨季的奔騰溪水一決勝負。

從堤防上走下河床，先經過一條平坦的產業道路，就可進入蓮霧園。滿覆野花雜草的小徑蜿蜒在畦畦農田中，小徑的盡頭就是一泓泓連結溪流的小水潭，水旁稀疏站立著幾叢高高禾草，幾條小魚穿梭在雜草下，淺水中還可以見到搖動著小尾巴的蝌蚪。

「不可以下去玩水，聽到沒有？」

大家被小魚和蝌蚪吸引，才在商量要不要脫掉鞋子，蓮霧園中就傳來一聲尖細高呼，原來是林漢中的菲律賓媽媽跨坐在蓮霧園中的高高梯子上面修剪枝葉。

「阿姨好！」這一大群童軍，不管是剛從都市到來，或是村裡的小孩，大家齊聲朝著蓮霧園送出一波波甜蜜招呼。

「媽，您怎麼會在這邊工作？這又不是我們家的蓮霧園。」林漢中在別人家的田園裡看見自己的媽媽，滿臉頓時流露著幾分驚喜。

「媽媽今天過來這裡幫忙，漢中，你是大哥哥，帶大家溪底走走就好，千萬不要下去玩水喔。」

「放心啦，阿姨，我們只是到處看看而已，不會下水啦，阿姨再見！」這一大群小孩再度朝著蓮霧園裡放送出另一波蜜糖般的呼聲。

穿過蓮霧園，繞過水潭，大家踏著小徑上溫軟的黝黑腐質土，一步一步走向平緩的潺潺流水。幾條涓涓細流出現腳下，身影隱密，在河中的小沙洲之間汩汩流徜，沙洲滿布高細的河草，流水蜿蜒的身形忽隱忽現。清涼流水淙淙呢喃。浸泡在溪水裡的大小石頭，一身漂亮的黃綠色苔蘚。

哇，大家齊聲發出讚嘆。

一隻全身烏黑的大鳥突然從草叢中振翅而起，轟然而起的振翅聲響讓大家嚇了一跳，紛紛大笑著拍拍自己的胸前。大鳥滑過水面，旋即拉起身影，鼓著翅膀飛向對岸大武丁村，身影倏忽消失在檳榔樹林中。

「大家安靜，噓！」林漢中突然將食指擺在唇前，「雲雀，在半空中唱歌。」

哇！大家先是齊聲發出讚嘆，旋即安靜下來仔細聆聽。

雲雀只在高高天際中吟唱，平常難以窺見牠們的身影，大家抬頭搜尋銀絃般音律的來源，寧靜在溪底緩緩堆積，如同一首靜默詩歌，飄散在這一群大小孩子的身旁。

「溪水，輕拍岸上岩石，海風，呼呼而來，浪花親吻岸邊，輕響的嘖嘖細語——

有如一首催眠曲——」

雲雀之樂稍歇，洪夢憶開始唱起歌來，這首詞是大表哥謝致文上次回外婆家時所寫的，她帶回家後自己譜曲，在班上早就獲得不少掌聲。此情此景，怎能讓她不把這首歌拿出來跟大家分享呢？

趴！趴！趴！音符還在洪夢憶唇邊繚繞，茂密蘆葦後方就突然傳出單薄掌聲，簡短而低調自持，大家愣了一下，羽絨般的花海背後閃過一道黑影，快速離去的身影旋即被白茫茫蘆葦花吞沒，看不清是誰躲在後頭，卻只見兩隻狗狗從高高草桿中出現，窸窣而來。

噗！噗！噗！洪夢憶唇上最後一個音符才剛落下，身旁鳥群振翅的聲響倏忽又起，原來是這兩隻狗狗衝向一旁草叢，一大群山麻雀立即由翠綠禾草中飛奔而來。山麻雀身體大約只有乒乓球大小，數百隻一起舞動翅膀時，卻能撩動周遭氣流，噗噗之聲轟轟然，迴盪耳際。

牠們飛上一長排蘆葦的白芒花，嘰嘰喳喳，像是合唱著仙樂的袖珍精靈，蘆葦接迎著牠們的到訪，興奮得渾身顫抖，修長的禾稈在微風中亢奮地向四周招手，一陣飽滿和風掠過，風神加快舞蹈腳步，數十隻山麻雀又從蘆葦中飄出，漫天飛舞，齊聲爭鳴，蒼穹中宛如有一群天使同時搖晃著無數個如同小巧蓮霧的精緻鈴鐺。

雲雀在高空撥弄銀絃，山麻雀在大家的身旁輕搖銀鈴。

「哇！」大家又是齊聲發出讚嘆，就連那兩個幼稚園的小朋友也雙手高舉，像是渴望著投入風神擁抱的小天使。

樹的綠，來自地底甘泉的滋潤雨洗禮；蒼穹的藍，撩動我們對天空光影的遐思與讚嘆。

夕陽慢慢偏向西邊的出海口，又是林漢中喊口令，大家收拾起玩心，一步步往堤防上移動。

走上堤防，天色逐漸昏黃，溪底的雜草披上一層金黃色的亮彩，水潭被夕陽暈染成一片片亮艷的金箔。溪底的植物全部陷入神祕的安祥靜謐，出海口卻在此時攏聚著無邊無境的火紅殘陽。

「外婆家真好！哪像我們在都市，到處都是車子跟噪音。」林靖怡走下階梯前還不捨地駐足多瞧一眼堤防上的景致。

「你們的外婆經常叫錯我們的名字，哈哈，好好玩。」林漢中一聽林靖怡提到她外婆，不禁笑開懷。

「還有啊，有時名字叫對了，卻搞錯我們的媽媽，哈哈哈！」王明仁大概最常被認錯，笑得張口大開。

「是啊，前幾天還問我什麼時候要回越南外婆家，哈哈，那是王明仁才必須搭飛機回越南外婆家，我外婆的家就在泰國，雖然我還沒有去過，但是我都知道外公外婆長得什麼樣，因為媽媽有從泰國帶來的相片，外公好帥！外婆好漂亮！」陳曉鈴一說起話來總是高分貝。

「很羨慕你們能常常到外婆家，我都不知道外婆家是什麼模樣。」王明仁一邊步下階梯，一邊囁嚅說著。

林漢中很小的時候跟媽媽回去過一趟菲律賓，但是印象模糊，只記得下飛機後還要搭船，而且一搭就是一整天，沿途四周都是海水，都是小島。

鄭永昌也是在很小的時候跟著媽媽回一趟印尼，根本毫無印象，媽媽只跟他說從機場要回家還得換過幾次汽車，再換船，上岸後再換汽車，然後，還得舅舅牽著腳踏車在巴士站等媽媽，將母子兩人載到外婆住的村莊裡。

「媽媽為什麼不帶你們回外婆家？」洪夢憶先問起。

「外婆有的住越南，有的住泰國，有的住菲律賓，有的住印尼，我們的媽媽說機票很貴，她們買不起，而且還要帶我們回去，外公外婆才會高興，機票又更貴了。」說到這問題，王明仁像個大人，露出他這個年齡不該有的憂色。

陳曉鈴可就不一樣了，不管大家聊到的話題是讓人振奮亦或是令人頹喪，說起話來總是眉飛色舞：「媽媽說搭飛機到曼谷，還要轉搭汽車，搭很久很久才能到外婆家，飛機的時間不算，單單是坐汽車就要超過八個小時耶！而且啊，要轉好幾次車，媽媽說，車錢很貴喔！」

陳曉鈴渾身是勁，一開口就停不下來：「你們知道最近阿公幫我買一輛腳踏車吧？我天天騎，天天到堤防上飛啊！飛啊！就是想要練好一身功夫，等爸媽帶我回泰國時，這台腳踏車跟我們搭飛機，我就載著爸媽，媽媽坐前面，爸爸坐後面，我踩啊！踩啊！從機場一直騎到外婆家！哈哈哈！外婆看我這麼厲害，一定高興得蹦蹦跳！跳啊！跳啊！」

大家都愣住了，雖然覺得陳曉玲呱啦呱啦說個不停的幾番話不大對勁，但是又不知道要怎麼質疑，如何反駁，只好以羨慕的神情盯著她，任由她說得口沫橫飛。

「叫你們的爸爸拿錢出來啊！」七個表兄弟姊妹跟著村裡其他小孩眾口一致，

還停下來圍在四人身旁，嘰哩呱拉問個不停，好像爸爸不拿錢出來搭飛機是這四個孩子不對。

「我爸爸也沒錢，阿公沒錢，阿嬤也沒錢。」王明仁翻出短褲的兩個口袋，朝大家露出一個靦腆的微笑：「我也沒錢。」

接著一片沉默，似乎每個人都在沉思剛才王明仁那句話。

「我有錢！」張繁燕突然大喊一聲，從口袋中摸出四個十元硬幣，她用兩隻小指頭緊抓著硬幣，伸長手臂輪流遞向四個人。

「哈哈哈！一個人十塊錢，連搭公車都還不夠，怎麼搭飛機啊？」幾個大孩子捧腹大笑，其他小孩也陪著大笑。

張繁燕以為她的慷慨得到大家的認同，這下子就更得意了，林漢中、王明仁、陳曉鈴、鄭永昌都沒伸手，也只顧笑著，她跨出一步，將硬幣一一塞入他們的口袋中，猛一轉身，邁開一個大步，走在隊伍最前端，擺動雙臂，得意洋洋走回村裡。

阿坤跟在這群孩子後頭，一直不敢靠得太近，大家停下來說話時，他也止步，安靜聆聽，等大家重新啟行，他才又隨之移步，搖搖頭，眼簾低垂，嘴中喃喃，有時還抓抓頭皮，眉頭緊蹙，一副好似深深自責的憂慮神色。

六

午後的陽光熱情如火，從四面八方邁入村裡的風兒卻是懶洋洋。

這段時間，阿坤後面經常跟著一大群小孩，阿珠的七個孫子起碼有一半以上會站在後面專注地看阿坤作畫。尤其是林靖怡，每當阿坤開始畫人物時，她幾乎是全程站在後面觀摩，臉上掛著欣羨之情，好幾次都不由自主在阿坤背後嘟囔著：「畫得很棒耶，不輸給我們學校裡的美術老師喔。」

村裡的小孩早就習慣阿坤的畫作，一向是沒興趣，現在見這些從都市回來小住的同年齡層小朋友看得興味十足，大家也開始加入觀賞行列。

雖然阿坤從不出聲問這些孩子從哪來，但總是會多瞧一會，眼神迷茫，似乎在探索這些小孩臉上是否潛藏著經常出現在他夢境裡模糊的歲月印記。

「阿坤，這個是靖怡，暑假後就是四年級了。」阿珠來到阿坤作畫的現場，見靖怡如此專注欣賞著，她抓著靖怡的手，高高舉起，向阿坤介紹這位孫女：「畫不是讀得很好，但是畫圖卻是全校第一名，阿坤，你有沒有打算收個女徒弟啊？哈哈。」

阿坤回頭看靖怡的眼神並無太多情緒上的變化，也沒有露出難得一見的笑容，只是盯著靖怡的時間拉得很長，很長，似乎捨不得將目光移走。畫幾筆，或是完成較複雜的線條，他會停下來，回頭盯一下靖怡，等她露出喜樂神色或是驚奇表情，阿坤這才又繼續動筆。

阿珠笑瞇瞇陪著靖怡欣賞阿坤作畫，看來阿坤這次似乎沒那麼快就會停筆，她摸摸靖怡的頭髮，交代她要注意禮貌後就自行往廟前小徑走過去。

農曆六月的屏東，大太陽熱情逼人，搖曳的椰子樹沙沙輕吟，微風在蓮霧果園枝梢迴旋。

阿珠今天體力不錯，從村內一直往林邊溪畔走過去，蝴蝶蜜蜂經常飛過眼前，繞在身邊，她毫不在意，就算爬上頭髮和衣服也從不動手驅趕。

她想找幾個在蓮霧園裡工作的村人聊聊，走在彎彎折折的鄉村小徑上，信口哼著隨著蓮霧園裡電唱機飄送出來，不知其義的陌生歌謠。

「阿婆您好厲害喔，還會唱我們印尼的歌，哈哈！」蓮霧寮裡放送出一陣嘹亮輕快的招呼聲響，那位印尼配偶塊頭不小，嗓門也特別大，一開笑，立即就掩蓋掉電唱機漂漫在田野中的印尼樂曲。

阿珠陪著她大笑幾聲，繼續往前漫步，一頂淺色的越南斗笠出現在翠綠蓮霧園中，盈盈飄泛，猶如一朵在樹林中徘徊流連的輕巧雲兒。一台小收音機掛在枝頭，一首越南男女對唱情歌正在隨風飄送。

越南斗笠總是會讓阿珠回憶起當年掛在官埔村家家戶戶牆面上的台灣斗笠，兩者相似，但是台灣斗笠是由大小兩個錐體組成，有如陡峭巒峰；而越南斗笠則是單一尖錐，好像單調的小丘陵。

阿珠每次看到這些越南姑娘戴著這種斗笠，她心中總會浮掠過絲絲遺憾，當年在農村猶如繁花遍地盛放，更像似蝴蝶蜜蜂處處飛舞的台灣斗笠，此時卻只能偶爾出現在電視鄉土戲劇，這一代的孩子別說摸過、戴過，恐怕連看過的都是極少數吧？

在自己的土地，台灣人幾乎已經遺忘掉農業社會的歷史印記，越南斗笠是否會尾隨這片土地百年來一路揚起的文化後塵，有機會成了台灣農村的重要圖騰？

她跟著收音機中的越南男女胡亂唱了幾段，惹來蓮霧園中一陣嘻笑聲。

「阿婆，您可以到我們越南當歌星喔，還沒嫁到台灣之前，我在越南就看過一個歌星，唱歌跟阿婆很像喔。」越南配偶白皙皙，說起台語雖流利，卻還是帶著特殊腔調，而阿珠最喜歡回她一兩句俏皮話：「妳是想幫我當媒人，把我嫁到越南去嗎？哈哈，我都七十幾了，還有人要嗎？」

阿珠走了進去，左瞄瞄，右看看，兀自朝著一棵棵蓮霧樹點頭：「嗯，每一棵的樹頭都照顧得不錯喔，今年冬天應該會有好收成。」

「阿婆，快下雨了，這裡離村裡還有一段路，您把斗笠戴著，好不好？」越南配偶從樹下走了回來，從木板牆上取下一頂越南斗笠。

「忘了還妳的話，就算是我的了，可不准再跟我要回去喔。」阿珠隨手戴上，還不忘跟她開開玩笑：「嘿嘿，戴這一頂走出去，說不定人家還會誤以為我是剛嫁來的越南小姑娘，搞不好還會在我背面吹口哨。」

又是幾番來回笑鬧，一陣疾風捎走兩人的嘻嘩聲，飛上沙沙輕吟的搖曳椰子樹上，在蓮霧果園枝梢輕盈迴旋。

微風，微雨，水霧開始濡染著田野。阿珠緩緩行走在小路上，越南斗笠上已出現幾滴水珠。蝴蝶、蜜蜂不見去向，只見大群蜻蜓在低空飛快俯衝，來回巡弋，啪！幾隻冒失鬼還撞上她的斗笠。

「叭！」阿珠還在跟另一畝蓮霧園中的村民舉手招呼，背後就傳來一聲汽車鳴

聲，她趕緊閃到一旁，準備讓車子先行通過。

「阿珠嬸！是我啦！」車子卻沒繼續往前開，就大剌剌停在小路中間，車上陸續走下幾個穿著時髦的年輕男女。阿珠稍稍一瞧，就認出這些人全部都是在成年後從官埔村搬出去的人，大家嘻嘻哈哈圍著她：「阿珠嬸！是我啦！」

她拉著一個年輕人的衣角，雖然叫不出他的名字，卻記得他是誰的孩子：「你啊，你多久沒回來官埔啦？」

「有啦，我都有回來啦，只是每次回來時，您都跑到您女兒那邊消遙，我都有到您的家探望，大家都沒告訴您嗎？」年輕人裝著一臉委屈，卻忍俊不住，自己先笑了出來：「每次回到官埔都找不到您，您廚房裡的黑狗仔常常少了好幾條，那就是我摸走的，老村長都沒跟您說嗎？」

「黑狗仔」？什麼是黑狗仔？他摸走黑狗仔幹嘛？而且還是以「條」，而不是以「隻」為單位，大家慢慢看下去，文中自有交代！

「呵呵，你還記得念國中時，在林邊火車站前的寄車棚偷拔人家的腳踏車鑰匙來玩，被你阿爸綁起來打，要不是我跑出來救你，搞不好腳會被你阿爸打斷囉！」年輕人說到「摸走」，阿珠突然就想到這位就是當年偷了一大堆鑰匙當玩具，被他爸爸毒打一頓的小孩。

「當然記得！」他刻意裝出一臉痛苦表情，還配上一串串仰天大笑，「但是，阿珠嬸，您記錯了，被揍的是我哥哥，不是我啦，哈哈！」

男男女女圍繞著她，除了關心她的近況，當然也不忘開開玩笑，笑鬧一番：「唉喲，我們官埔村有這麼漂亮的越南新娘，我怎麼都不知道？請問這位小姑娘，您是哪一年嫁進來的？」

流晃在林邊溪畔的陣陣縱情歡笑猶如一顆顆飽滿的歡樂氣球，駕馭著風兒飛向蒼穹，飄向附近條條蜿蜒繚繞的大小水流。

「阿珠嬸，我們還要到幾處蓮霧園走走，同事、朋友們一吃上癮，現在就開始在預約今年十二月才能採收的黑珍珠，我們得趁早先幫大家預下訂單，您要不要擠上來？我們一道去溜溜走走。」這群男女臨走前還想邀阿珠上車湊湊熱鬧。

阿珠謝絕大家的好意，她和顏悅色又微帶嗔責跟大家說著：「你們慢慢看，慢慢聊，記得常回來玩，不一定說是要看蓮霧才想到要回來故鄉，有沒有聽到？」

車子滑過一個小彎道，原本只是披著薄薄一層霧氣的小徑，在一陣強風掠過之際，倏忽就籠罩在厚重雲團中。轉眼間，狂風自林邊溪高聳堤防凌空翻滾而下，撲向蓊鬱蓮霧樹林，抓著枝葉猛力撕扯，揚起迴旋騰轉、四處飛竄的滔天水幕，暴雨從四面八方急奔而來，群樹嘶嘶，齊聲瘋狂動搖。

那部載著官埔村外出遊子的車子又從小路中繞了出來，臨走前還在雨中放下車窗，阿珠聽出車上有人說要載送她回村子，她擺擺手，示意他們先走，車子輕按一聲喇叭，轉眼就消失在濛濛雨幕中。

一轉眼，大片鄉野綠疇就全然浸濡在漫無止境的空靈之中。

雨水，此時盡灑大地，從天上落下的水珠，在大武山群峰間漫天飛騰，在林邊溪的遼闊流域恣意流淌，在村裡的每一頂屋簷上咕咕滾動。

雨珠，游走村外土堤上老茄冬樹繁茂的葉叢裡，匍匐在廟前老榕樹乾渴的浮根與氣鬚前，林邊溪畔那棵百年老樟樹渾身是勁，朝著遼闊蒼穹四處伸展的翁鬱枝葉奮力揮灑，猶如在雨中振臂歡呼的鐵漢大俠。

阿珠還在回村子的半路中，雨水已經不再只是沾濕頭上的越南斗笠，粗暴雨珠開始潑灑在她身上，她輕輕拍扯身上衣物，毫不在意，緩緩踱步。

另一部車子悄然滑過前方叉路，阿珠瞥見後座似乎有個朦朧影子，她趕緊加快腳步。

這部車子我有印象，曾經好幾次停在阿坤家前，久久不去。尤其是後座那一翦似曾相識的側影，沒錯！是她！阿珠拔足狂奔，渾身濕透。車上的人似乎有意迴避，不想讓她接近，阿珠才跑了幾步，車子就加速離去，旋即匿跡在層層雨瀑中。

是阿坤的太太與兒子！沒錯！一定是她！阿珠被雨霧重重包圍，但還是朝著已經失去蹤影的人與車奮力揮舞著雙手，在大雨中振臂歡呼。

七

天氣一天比一天熱，夜晚靜謐的夜色更會輕易襯托出涼爽意象，從林邊溪和鎮安沼澤、大鵬灣吹拂而來的晚風徐徐而來，輕撫著大地子民。

風兒沒有固定走向，一下子從東方大武山凌空飛撲而至，一下子又由西邊台灣海峽湧動而來；有時從南方林邊溪底飛揚而起，轉眼又感覺有風神在北方的大鵬灣朝著村子拂送著它的清涼聲息。

「今年真熱啊。」老村長特地到阿坤家看看那個樓梯是否還穩固，沿路見到村民就會出言關心：「小心啊，今年大水可能就會來，我們住的地方，以前古早時代就是林邊溪的河道，下大雨時，記得要留一個人看看路面有沒有淹水啊。」

老村長的操心不是杞人憂天，原來，官埔村所在地，古時候就是舊河道的滯洪區，村外通往林邊鄉內和竹林村的大馬路旁那條長長土堤就是日本時代的舊堤防。

「截彎取直」的工程就是把堤防拉成一條直線，打算引導溪水一路暢行，流入台灣海峽，還刻意打造出硬梆梆的灰色水泥護岸。

以前，大水在彎曲河道中還會在溪底竹叢和大小石塊間輾轉流連，走走停停，喧嘩幾句才心甘情願再度啟程；此時，大武山上才幾番大雨，滾滾洪流卻已經在直挺挺的林邊溪河床中狂吼怒鳴，擠在兩道筆直水泥堤防中間的大水，有如被拘禁在狹徑裡驚惶失控的萬群野馬，爭先恐後，逃命推擠。

原本順著河流蜿蜒流向，彎彎曲曲，由石頭和泥土砌成的古老土石堤防當然從此就被棄置一旁，新舊堤防之間就因此多出一大片肥沃沖積地，吸引農民進入開墾，新聚落於焉誕生。

這片透過整治溪流而浮出原野的沃土當然都是屬於官方土地，再由官方向鄉民釋出土地所有權或開墾權利的新生地，「官埔」的地名就是因此而來。

雨水一陣接著一陣，阿坤作畫的機會減少了，經常看他坐在門戶洞開的家裡吃著阿珠送給他的飯菜，嘴巴動個不停，幾隻狗狗在一旁等候阿坤餵食，尾巴搖得不停。

炎夏雖酷熱，卻從不曾令村人心懷畏懼，因為這裡一向就是繁花百草盡情吐納的甘美大地。

夏秋時節，處處綠意的田野會被陽光染成亮眼金黃，一陣強風掠過，眾草嘶嘶，齊聲動搖，翠綠大地卻突然幻化成暗黝深色，原來，厚重雲朵遮蔽日暉，緊接著，碩大雨珠駕馭著桀驁狂風，在陽光中隨性揮灑，四處紛飛。

風，沒有沾染任何顏色，卻能隨手一揮灑，就幫林邊溪點化出詩意般的知性風雅。

午後疾風，驟雨來去匆匆，忽亮忽暗的原野，看似引人綺思，其實這就是大自然主動向村民預報：小心一點喔，大雨的季節來了，林邊溪準備要大發脾氣啦！

大太陽肆虐一個上午，午後卻突然藏身雲端。烏雲遮蓋整個天幕，雖是大白天，天空也只見幾抹餘光。不到幾分鐘的時間，滂沱大雨就開始以千軍萬馬之勢從四面八方進攻，蓮霧尖細長枝葉上的水流瞬間形成一道又一道的迷你瀑布，有如碩大珍珠的雨滴重重摔落在蓮霧園的水窪裡，濺起滿園沸沸滾滾的巨大水泡。

飛揚水花撲向每一戶的玻璃窗，打在阿坤的每一幅畫作，村裡彎彎曲曲的小路忽而浮現在顯眼的電線桿中間，忽而消失在無邊無際的漫天水花裡。

狂風自溪底闖出，爬過高高堤防，蓮霧壯碩身軀不為所動，尖細葉子卻瘋狂搖顫，極目四望，連綿不絕的黑珍珠果園頓時被水舞紊亂的身影全數吞沒。

阿珠坐在大椅子上打盹，外頭兇猛雨勢已經轉為絲絲細雨，間歇還有陽光偶爾掃過玻璃窗，爬過阿珠的銀白色髮絲，替家具染上一層亮麗的金黃。阿珠偶爾睜開鈍重眼皮，那頂被她從蓮霧園拿來遮雨的越南斗笠此時掛在牆上，印入眼簾，七個孫子不同曲調的沉穩鼾聲縷縷繚繞在耳際，她唇角劃過一絲弧形刻痕，淺淺噗哧一笑，再次沉入酣足午眠。

溪畔，鄉野，大自然合奏的催眠曲總是如此銷魂，老村長這幾天的午休卻難以睡得安穩，撐著雨傘，在微風細雨中踱向堤防，他想上去看看溪中流水的狀況。他走下堤防，在溪床中到處走走瞧瞧，檢查堤防是否穩固。

烏雲消散，大太陽又露出臉來，溪中水氣氤氳，淡淡白霧從水中冉冉而起，緩緩滑過站在攔沙水泥塊的釣客，幾隻白鷺鷥停佇在露出水面的小沙洲。幾天來的幾番驟雨已經徹底改變溪中景致，溪水更為混濁，流水區域也比平常更加寬闊。

「溪水越來越急了，不要再跑下溪底，堤防上走一走就好，知道嗎？」老村長一碰上阿珠的七個孫子就得交代幾句，他擔心這些都市回來的小孩不知大雨之後溪水險惡，身旁雖然都是幾個村子裡的小孩子，可能會相互提醒，但是他還是得叮嚀一下。

「知道了！謝謝大伯公！」

「大伯公，請問一下，我們的村子以前真的是河道嗎？」大家只知道喊聲謝謝，洪伯旭卻想多知道一些，沒跟其他的人飛奔而去，反而挨在老村長一旁。

「嗯，你站在溪邊堤防上，來，你往上游新埤方向看過去，看到了嗎？溪水其實是往我們村子的方向流過來，只是被我們腳下這條堤防擋下來，現在雨水還未完全淹沒整條溪，所以我們能清楚觀察到溪水的走向。」老村長一手牽著洪伯旭，一手伸長手臂，指向溪中那道日漸寬闊的急流。

「現在的堤防都是直挺挺的，而我們村外那條土堤卻好像是彎彎曲曲。」洪伯旭眼中閃動著智慧的光芒，「大伯公，我上次回來，就一直有個疑問，官埔村是不是以前林邊溪的滯洪區？」

「滯洪區？」老村長搞不懂洪伯旭迸出的那個專有名詞，睜大雙眼等候他進一步說明。

「就是讓溪水先停留一下，等衝力減低，然後慢慢流到大海，是不是？」

「對！你好聰明，呵呵，村裡很多大人住在這地方幾十年了，我跟他們解釋過好幾次，竟然還有人搞不懂。」老村長雙眼睜得斗大，呵呵稱奇。

「想不想聽聽那條舊堤防的故事啊？」老村長此時紅光滿面，語氣中盡是難以抑止的亢奮聲調。

「嗯，大伯公，我在林邊圖書館看過一本書，書中說，那是日本時代的治水工程，堤防從竹林村那邊一直延伸過來，順著地勢，配合著溪水長年走勢，堆出一條彎彎曲曲的長長土堤。當時林邊附近的年輕人暫時放下家中農務，幾乎全體出動，大家戴著斗笠，挑著扁擔，穿著草鞋……」洪伯旭像是飽學世故的歷史民俗專家，開始為這位可稱為鄉誌野史活字典的老前輩娓娓道來這條廢棄堤防的典故。

「是啊，是啊，我阿母說她們姊妹也都有來挑土，我阿爸也來，我阿叔也有來參加喔！」老村長此時倒反而像是愛聽大人講故事的小朋友，興奮得說個不停，「挑土很費體力，傍晚時，大家都累了，有人用扁擔挑來點心讓大家補充體力！」

「當時綠豆粥最受歡迎，白米煮綠豆，韭菜，胡椒粉，五香粉，摻摻在一起，我阿爸說他一吃就是好幾碗，」阿諒手舞足蹈，似吟哦，似迷醉，「以前，林邊溪附近種了很多香蕉和綠豆，稻田跟番薯田到處都是。阿嬤有沒有跟你說啊？」

從都市偶爾回來媽媽故鄉玩一玩的小朋友，此時升格為引經據典的歷史民俗專家，死守土地數十年的老人家，也只好暫時扮演口述鄉野傳奇的次要配角。

「養殖業，在林邊溪口就佔了將近八千公頃的土地，地下水長年超抽，從大武山一路而來的附近林邊溪流域，不管是地表溪河或是地下伏流，根本來不及補充快速流失的地下水，土地當然會像洩氣的皮球一樣，越來越塌陷了。」洪伯旭說得頭頭是道，而且儘量用口語化的用詞來陳訴，阿諒則在一旁猛點頭。

「唉，土地沉下去了，綠豆、香蕉、稻米、番薯，通通死翹翹了，大家只好改種蓮霧了。」

「大伯公，種黑珍珠到底會不會很賺錢？我在高雄水果攤經常看到林邊的蓮霧被標著很高的價格。」

「一年只能收成一次，頂多是兩次喔，看天吃飯啦，有時天公不幫忙，辛苦一整年，卻只能採收到幾箱小蓮霧，肥料，農藥，器材，人工，水電，樣樣都要錢啊，只有少數人偶爾採收到最高價位的頂級蓮霧，數量也不是每次都很理想，大家也都只是寄望中等價位的等級，能收多少就收多少，跟本就不是外地人所認定的那麼好賺啦。」

一老一童，兩人就站在堤防上，一個雙手交握背後，一個雙掌交纏腹前，像似多年好友一樣聊了起來。

八

「謝致文，出來一下，我有話要跟你說。」林漢中的聲音在屋外低聲迴旋，聲調透著邀人共赴一場饒富樂趣的冒險之行的意味。

謝致文不用跟他照面，就能從那既輕快又神祕的語氣中猜測出林漢中想邀請他去一個好玩，但是外婆不可能答應的地方。他沿著牆角，像貓似地躡足走出大門，見林漢中躲在對面一道矮牆後，只露出臉來，眼神裡溜轉著迫不及待的熱力。

「要到什麼地方玩？」躡手躡腳，悄悄溜出大門，一踩上柏油路，謝致文幾個大步就立即衝到林漢中面前。

「要不要一起去？」林漢中提起兩個相疊的水桶和兩支釣竿，沒有說明，直接問了。

「耶！」致文雖然狂喜，但還是知道要壓低歡呼聲，免得被外婆抓回去午睡。

林漢中的腳踏車一直騎往村外那道長長土堤，謝致文在後座，一手抓水桶，一手抓釣竿，方向卻跟他的想像不符合，不禁納悶問道：「不是要去林邊溪嗎？」

「哈哈，上次你回來，我不是說暑假要帶你到另一邊開開眼界嗎？走，我們到高速公路下面的鎮安沼澤。」

「那邊有沒有吳郭魚？」謝致文幾次跟爸媽回外婆家，桌上一定有吳郭魚，他一直認定那是在林邊溪裡抓來的野生魚類。

「多得很！而且都是鹹水魚，比林邊溪裡的吳郭魚還好吃。」

「鹹水魚？」謝致文只知道那片水域離海尚有一段距離，怎麼會有鹹水魚？

「是啊，聽大人說，那邊以前絕大部分的土地都是稻田，也種一些綠豆和番茄，但是這些年來卻一直往下沉，都已經跟大鵬灣的海水相混合了，變成鹹水潭了，水很深，水質又肥，吳郭魚好吃得很。」林漢中越騎越帶勁，繚繞在一畝接一畝的蓮霧園中的小路就像是迷宮，他熟練地繞來繞去，謝致文卻突然鴉雀無聲。

「你知道嗎？就是海水一直往陸地滲透進來，我們林邊鄉才會出產黑珍珠喔。」林漢中的爸爸跟其他村民承租了幾處蓮霧園，媽媽一年四季都在蓮霧園裡忙進忙出，他偶爾也會到園裡幫個小忙。

「釣上來的魚，我不敢拿回去給外婆，你帶回去就好，可以嗎？」謝致文突然細聲說著，語氣囁嚅。

「為什麼你外婆那麼擔心你們到水邊玩？」林漢中了解他的牽掛，沒有拐彎抹角，直接問道。

「聽媽媽說，我有一個阿姨小時候就是淹死在溪底，所以現在外婆一直不願意讓我們太接近水邊，尤其是比較深的水。」謝致文這才又大聲說起話來。

突然，鎮安沼澤出現在他們眼前，好像點醒了他們來此的目的，兩人興高采烈跳下腳踏車，準備大展身手。

鎮安沼澤的野鳥種類豐富，除了白鷺鷥為大宗外，主要是有青足鷸、鷹斑鷸、鳳頭燕鷗、白頭翁、大葦鶯、灰頭鷦鶯、綠頭鷦鶯、褐頭鷦鶯、綠繡眼、麻雀、斑文鳥。賞鳥專家說這裡已經出現超過一百種以上的鳥類。

「那些都是海茄苳樹，有人說是水筆仔，嘿！很厲害吧？所有的樹都死翹翹了，就只有它們越長越茂密，真是厲害。」林漢中把兩個長形的漁網綁在岸邊的小竹竿上，等待會魚兒上鉤後要讓牠們先在裡頭乖乖休息。

大片水潭旁可看見粗大竹竿露出水面，竹竿上綁著幾艘塑膠筏，那可不盡然是釣客的休閒工具，有一些是深諳水性與擅長漁獲的村民用來營生的重要家當。

「那一艘就是鄭永昌他家的船，有沒有看到？」林漢中指著一艘正在一片大水潭中央位置拉起長長漁網的膠筏，謝致文順著他的指向，馬上就在幾艘漂泛水潭的膠筏中認出熟悉的身影。

「好像是鄭永昌的媽媽。」隔了好一段距離，謝致文依稀還能辨識出船上人影，「阿姨好厲害耶，不但會筏船，還會拉那麼長的魚網。」

「聽鄭永昌說，他媽媽以前在印尼，小時候就天天必須跟外公外婆出門捕魚，這種工作對鄭阿姨來說就像是我們騎腳踏車一樣輕鬆。」

謝致文還在咀嚼這段故事的情境與意涵，林漢中就爆出一條讓他更難以置信的超現實情節：「聽說陳曉玲的媽媽很小的時候，在泰國就曾在菜市場幫忙殺雞鴨鵝，現在林邊附近到處有菜市場拜託她去拿菜刀，經常賺得比她爸爸還要多。」

水潭處處鑲鍍著一層晶亮水光，好像是一片片巨人國度的大鏡子，天上浮雲多變的倩影從蒼穹一躍而下，水面漂染著夢幻般的色彩，幾點枯草碎屑浮游鏡面上，微風撩過，那飄散的漣漪宛若就是沼澤沉醉在夢囈中的絲絲淺笑。

「嘿，你看，那個瘋子也來這裡。」謝致文四處張望，欣賞這四周美景，瞧見阿坤提著他的塑膠水桶出現在他不遠處的蓮霧園旁。

「不可以叫他瘋子，我阿公要我們稱呼他叔公，叫他瘋子，大人會罵我們。」林漢中神色緊張，立即出言制止他。

「不必怕，你回來那麼多次了，也知道他不會打人也不會罵人，他只是喜歡看著小孩子玩，沒有惡意。」林漢中熟練地甩出釣竿，鉛塊落水，水潭用一個大大的漣漪水波朝他們兩人綻開一個大大的笑容，從中間盪漾開來，一直晃到紅樹林腳下。

謝致文模仿林漢中的動作，拋出釣竿，鉛塊卻掉入離腳下不遠處的水草中，只漾開些許水花，波痕被微風撫平，旋即消融在平滑如鏡的潭水中。

兩人縱情大笑，一列北上火車駛過，引擎飽滿的哼哼聲響和應著兩人的歡暢笑聲，火車劈開兩道疾風，幾叢高佻綠草排列在鐵道兩旁，隨之狂舞，左搖右晃，風兒滑過細長葉脈，長草沙沙作響；疾風撥弄水面，織譜出一波波由綠葉與潭水合力舞出的翠綠浪海，由近而遠，往四周飛奔而去。

白鷺鷥似乎對火車的嘈雜聲息毫無所懼，長喙在水裡一啄一啄，不時抬頭，已經飽餐一頓的幾隻則拍著翅膀飛到水岸旁的樹上。

大武山湛藍的倒影從數十公里外一躍來到這片水鄉澤國，群鳥悠悠然盤旋，時而在低空展現飄搖的舞姿，偶爾貼近水面迴踅覓食，常見三三兩兩佇足淺水中，三千公尺高的大武山空靈身影浮現在西方天邊，更是把這些長腿白鳥襯托得宛若是神幻的仙鶴。

水，只是向四周大自然借來光影，卻時時為這附近所有的村莊妝點出萬千風情。

「哇，真美！」謝致文雖然一直釣不到魚，但是他根本毫不在意，這邊走走，那邊瞧瞧，釣竿就丟給林漢中去忙了，林漢中只好左右開弓，不斷拉起一條條肥大的吳郭魚。

如火盆般的夏日太陽突然藏身雲端，烏雲遮蓋天幕，原本明亮天空又是只見幾抹餘暉，鎮安沼澤被映照得璀燦瑰麗，台17號公路上交通熙來攘往，已經有幾部車輛開著車燈，南來北往的車陣中偶爾傳來大卡車急促短暫的喇叭聲，刺耳鳴聲迅速銷融在詭異天色中。

一列南下火車駛過，轟隆轟隆的聲音從海面那一端乘著風兒由遠而近飄送過來，迴旋縈繞於蓮霧園中，滑過一叢叢繁茂樹冠，再由近而遠，傳遍官埔村內每一個角落。

阿坤的寂寥身影緩緩而行，他提著水桶，走在彎彎曲曲的蓮霧園小路中，口中喃喃唸著，聽到火車聲或者是汽車喇叭聲從台17號公路那邊傳過來，他總會頻頻佇足，回首望向鎮安沼澤，眼神迷茫，等確定後方沒有人影，他才又起步，慢慢走回家中，一小步、一小步，像似在密切注意是否有人會從後頭喊住他。

「阿坤叔，今天晚上吃飯時間不要亂跑，這些魚，我先載到林邊市場賣，回來後再用蒜頭、醬油和米酒燜幾尾南洋鯽讓您配飯，好不好？」鄭永昌的媽媽騎著機車從一條產業道路彎了出來，後座綁著幾個保麗龍方形箱子。

阿坤先是朝她微微一笑，沒有出言回應，只在嘴角喃喃輕語。

「快下雨了。」鄭永昌的媽媽停下機車，回頭望向阿坤踱著沉緩步伐的小徑，神情掠過一抹憂忡，「阿坤叔，您沒穿雨衣，這陣雨一定不小，趕快回村裡去，聽到沒有？」

「呵呵呵！」長年來不曾在村人面前說一句完整話語的阿坤，此時不但笑開了，還清楚冒出兩段話：「快下雨了，小心騎。」

鄭永昌的媽媽先是一臉不敢置信的表情，愣在原地，狐疑了一會，直到阿坤再度展露笑容，擺擺手，示意她先行離去，她這才綻開笑靨，轉動油門，緩緩上路。

九

夏季到來，林邊溪的流水歌聲日益嘹喨，只要四周靜下來，潺潺呢喃就會翻過高高堤防，流瀉在村裡每一條街巷，甚至還在夜夢裡招喚著村民的回憶。

月光下，洪夢憶喜歡站在三樓的樓頂唱歌，阿坤這時就會從屋外樓梯爬上他家的屋頂，隔著一段距離，只是一直看著她，不敢出聲打招呼。

有時洪夢憶會面向溪底，用甜甜歌聲回應著潺潺水流，朝著林邊溪，背向著他，這時阿坤才敢慢慢挪移腳步，靠近一點，挨近二樓屋頂的女兒牆邊，蹲伏躲藏在牆下的低矮空間。

阿珠坐在客廳沙發上，夢憶甜美的歌聲從三樓流瀉而下，緩緩飄晃在月光裡，她瞇著眼，笑得宛如自己是村子裡最幸福的人。

溪水喧囂，隨時撩動村民思緒，但是沉默的地底伏流其實也一直在訴說一樁樁的故事，不管是浮光掠影或是刻骨銘心，那些條條流過村裡村外的地下水流宛如帶著靈性的千年泉水，一直暗暗牽動著她的懷舊思緒。

七個孫子難得同時齊聚身旁，阿珠這幾天心情好得很啊，五個孩子成長過程中一些甜美回味和不堪回憶卻在此時雜沓而來，紛紛湧上心頭，有如溪水與伏流同時流晃過村裡村外，一起飄晃在阿珠心房裡裡外外。

「買菜——買魚——買豬肉——買醬油——買蒜頭——買水果——」清晨時，一部小貨車緩緩駛進村裡，停在阿坤家前面的空地上，擴聲器含蓄地呼喚著村民。

阿珠幾個孫子衝到貨車旁，一方面是好奇地打量這部在都市中未曾見識過的叫賣車子，外婆站在車旁買菜，更吸引大家湊過來瞧個究竟。

「雞蛋一斤，菜脯一點點，南洋鯽來七尾，幫我挑肥一點的，還有，蝸牛肉來一斤。」阿珠跟這位開車賣菜的中年人好像很熟，村裡幾位婦人也邁著舒閒的腳步緩緩靠過來。

「這幾個都是妳的外孫女吧？」菜販用快速溜轉的好奇眼神從這群孩子中一一認出阿珠的孫子，「喔，這個綁著兩條辮子的女孩是阿坤的什麼人？他的孫女嗎？」

「呵呵，不是啦，這是夢憶，我的外孫女。」阿珠也不知道賣菜的人怎會將洪夢憶跟阿坤扯在一起，只是笑呵呵地介紹一下。

「靖傑，就要讀一年級了。」阿珠比出一隻大拇指，「很聰明，英文說得一級棒。」

「繁燕，哈哈，還要在幼稚園混一年。」阿珠笑得嘴巴幾乎都要拉到兩耳旁邊了，「她爸媽沒有讓她把奶嘴帶回來，待會我到林邊買幾個來讓她吸一吸。」

幾個孫子搶著幫阿嬤提東西，阿珠空手走回屋子，腦海中滿載著今晚即將上桌的菜單和打算跟孫子訴說的故事，抬頭一看，這才發現阿坤屋子的牆上不知何時又出現一幅新畫作，一個小女孩雙唇微啟，色彩明亮的串串音符飄晃在牆面，小女孩表情陶醉，兩條烏溜溜的辮子像是仙女衣衫的緞帶，畫在牆上，卻宛如在天空中款款飄逸。

哈哈，畫得跟夢憶真像啊！把她的神韻全部浮泛在那片高高的牆面上，怪不得賣菜的會誤以為我們家的夢憶是阿坤的家人！

阿珠滿心歡喜，放任思緒歡快飛馳，卻也同時縱容自己眼眶中浮泛著濕濕水氣。

唉，我的大女兒一去不回，我早就不再怨嘆啊，阿坤的孩子連夜被偷偷揹走，明明感受得到母子兩人對阿坤以及村子的人事物還是念念牽掛，卻有如斷線風箏，音信渺茫，偶爾驚鴻一瞥，卻旋即快快閃躲。

「會的，我相信她一定會再次回來，帶著孩子回來，甚至連孫子也一起帶過來。」阿珠雙掌拳頭倏忽緊握，振臂一抖，眼底眉梢隨之一亮。

而這些外籍姑娘，為了改善娘家的生活狀況，千里迢迢，遠離自己成長的故土，來到陌生異鄉落足，多年來，卻因為夫家經濟狀況僅能提供基本溫飽，遠飆的飛燕此時卻有如被圍困在籠中的斷翅靈鳥，她們實在是很難得有機會伴著夫君，帶著孩子踏入自己的故鄉啊。

她們遙遠的故鄉應該和這裡一樣，也有彎彎河流，漂漂船隻，蒼蒼樹林，哇哇農田，而在她們的家鄉，是否也有一位如同我這樣的老長輩日夜在心中殷殷呼喚，祈盼大家齊步歸巢，回來歡聚？

「今晚就炒一大盤的黑狗仔讓這群孫子開開胃口。」

天氣熱，阿珠不管是在開入村內的活動菜販車上簡單挑選，或是到貨色齊全的林邊菜市場大採購，試過好幾道拿手菜，孫子的胃口似乎都沒有起色，她今天決定炒一大盤「九層塔炒黑狗仔」。

斜風細雨全然歇止，阿珠提著小籃子，走到村裡一座老屋前的空地菜園，沒有屋主在場，她也沒打個招呼，就兀自採下幾條長長的茄子。

這種墨藍色的蔬菜需要蒜頭，更是需要九層塔來相配，她又走到另一間屋前，幾棵枝葉茂盛的九層塔在風中散發著香氣，既溫潤又濃郁，小蜜蜂在白色小花蕊上嗡嗡嚷嚷，宣示著牠們的地盤，她不理睬這些小蜜蜂，用手指摘下數十片辛香葉子，放進小籃子裡，穿過村內那條唯一的大路，又走進另一片迷你小菜園，拔了幾顆蒜頭，然後緩緩走回自己的家。

好豐盛的一大盤！盤子真的很大！很大！簡直就跟臉盆一樣，大家的臉卻是臭臭的，這種看相很差，味道也不怎樣的炒菜，他們在家裡一向就是不怎麼喜歡，媽媽偶爾端上桌，也只是嚐幾口捧捧場，今天外婆竟然一端出來就是一大盤，怎麼可能會有胃口呢？

「來，大家吃黑狗仔，鐵質豐富，你們小孩子吃這個會長得會大樹一樣。」阿珠手指比向溪畔那棵大樟樹，一下子又指向廟前老榕樹，一會兒又朝著村外土堤上那棵老茄冬樹指指點點。

大家還拿著筷子考慮要不要夾一口來試試看，外婆一句「黑狗仔」頓時讓大家興味盎然，因為，平常在家，媽媽也都說這是「黑狗仔」，問媽媽為何這種蔬菜叫做「黑狗仔」，媽媽也解釋不清楚，只知道外婆跟官埔村裡的大人都是這樣說的。

「阿嬤，長長茄子的台語為什麼叫做黑狗仔？」洪伯旭率先提問了。

「那是因為阿嬤小時候，我的阿嬤，還有我的阿母，她們都說這就是黑狗仔，所以，這種長長的菜就叫做黑狗仔，呵呵，你們懂了嗎？」

兩個猛點頭，五個一頭霧水，不知是要點頭或是搖頭。

「你們看，你們的阿母說這是黑狗仔，阿嬤也說這是黑狗仔，所以，你們就說這是黑狗仔，一樣的道理嘛，對不對？哈哈！」

一樣是兩個猛點頭，五個一頭霧水。洪伯旭求知的欲望蠢蠢欲動，嘴巴合攏，上下唇向內抿，頭輕輕晃動，像正在搜索什麼。

「你們的媽媽天天都吵著要吃這道九層塔炒黑狗仔，吃不厭！四個都愛吃！」阿珠嘴巴說四個，朝著七個孫子比出的粗糙巴掌卻是五指全張。

「不但妳們的媽媽愛吃，曉玲的媽媽也很愛吃。」阿珠突然冒出一連串莫名其妙的故事，「曉玲的媽媽小時候家裡很窮、很窮，她一個小女孩正在讀小學，經常沒飯吃，一直長不高，阿嬤當時還很年輕，嘿嘿，也很漂亮喔，天天在土堤上賣早餐。」

「她這個小學生要到林邊國小讀書，每次經過攤位時都刻意閃得遠遠的，嘿，阿嬤的眼睛有多亮啊，我都會把她喊過來，喂！曉玲的媽媽，妳過來！阿嬤一定叫她吃一碗番薯稀飯，多吃幾口黑狗仔，才肯讓她去上學！」

「阿嬤，曉玲的媽媽為何小學時會住在官埔，還讀林邊國小？她不是泰國人嗎？」不知是哪個孫子先發問了。

謝致文更聽出外婆話中有一段不可思議的超時空情節：「阿嬤，當時她才讀小學，您那時候怎麼可能知道以後她就是曉玲的媽媽？」

阿珠抓抓頭皮，愣了一會，接著猛爆出幾聲大笑：「哈哈哈！阿嬤老番癲了，對喔，那個小女孩是誰啊？唉呀，阿嬤一時也想不起來啦。」

全台灣只有林邊溪畔附近幾個村落稱呼「茄子」為「黑狗仔」，典故何在，好像也沒有人搞得懂，阿嬤陳素珠說這是因為她的祖母和母親都稱之為「黑狗仔」，所以，它就一定是「黑狗仔」！

大家懂了嗎？哈，搞不懂也沒關係啦！但是記得，在共同文化與生活環境下所打造出來的特殊稱呼最有親和力，來到林邊的菜市場和自助餐店，「給我一些黑狗仔」，這句話可以引導你立即融入當地人的燦爛笑容中。

十一

客廳的大燈在餐桌鋪染出一層溫馨色澤，兩台電扇上下夾攻，有如從四面八方湧進村內的風神，在屋內呼呼響著。

這一群小孩在外婆家的每一餐都是全新體驗，沒有冷氣，門窗全開，外頭的雨聲再配上流晃在空中的清涼水氣就能讓都市回來的小孩眉開眼笑，阿珠這幾個孫子總是吃得樂乎乎。

「你媽媽小時害最喜歡吃菜脯蛋。」謝欣琪進了廚房，才一會工夫，阿珠就端出一大盤菜脯蛋，對著洪伯旭和洪夢憶說。

「真的嗎？怪不得我們在家經常吃。」夢憶露出大大的笑臉，「而且啊，阿嬤，我跟您說喔，媽媽買自助餐都喜歡到有賣菜脯蛋的那一家。」

洪夢憶還在跟外婆說話，拿著筷子尚未動手，洪伯旭和其他人就已經朝著那盤圓圓扁扁的菜脯蛋進攻了。嗯，謝欣琪有一手，阿嬤的拿手菜一學就會，洪夢憶話還沒說完，菜脯蛋只剩盤底幾片碎末。

「嘻，喜歡吃就讓你們吃個過癮，回家後我叫媽媽煎一大盤給我一個人慢慢吃。」洪夢憶倒是很有風度，筷子直接夾起旁邊那盤炒蝸牛。

「炒蝸牛，碰上這盤，你們的媽媽可以吃上三碗飯。」她指著桌上那道蝸牛炒九層塔，跟林靖怡和林靖傑說著，眼波中盡是甜美回味，又開始訴說一大串時空錯亂、人物混淆的故事，「還有，永昌的媽媽小時候也很喜歡吃阿嬤炒的蝸牛。」

「每天早上要到林邊國小，都會主動到阿嬤的推車旁幫忙，阿嬤有時還忙不過來，她會先把書包攏在攤位上，走回村內，去幫我採炒蝸牛用的九層塔。」

「她不知從哪裡撿回來一大堆蝸牛，就用幾片木板圍起來，養在裡頭，天天丟一些阿嬤菜園裡拿回來的破損菜葉給蝸牛吃，到後來還真的被她養出經驗來了，越養越多，林邊菜市場那邊還有小販跑來收購，哈哈，賺的錢還幫你們的曾祖父買了一副老花眼鏡，幫曾祖母買了一雙鞋子。」

鄭永昌的印尼媽媽小時候也讀林邊國小？在官埔養蝸牛？還賺到錢幫這群都市孩子的曾祖父母買眼鏡和鞋子？奇怪了，不管怎麼拼湊，時空與人物都不對勁。

兩個小不點還在高聲歡呼，五個大孩子卻面面相覷，可是這次大家就很有默契，不再提問了，直接讓阿嬤繼續說下去。

「南洋鯽仔，呵呵，你們的媽媽不但愛吃，而且還跟阿嬤學了一手煎魚、滷魚的好功夫。」阿珠又從廚房端出一大盤的魚，指著謝致文：「她在大灶上滷了一大鍋，阿嬤推出去賣，兩三下就賣得清潔溜溜，哈哈！」

「阿嬤，什麼是南洋鯽仔？」孫子睜大眼珠，好奇問著。

「南洋鯽仔就是吳郭魚。」阿珠懂得這種遍布台灣大小溪流的魚種的兩種稱呼，她得意極了，「嘿嘿，阿嬤很有學問吧？」

「耶！」一聽說自己的媽媽小時候就是吃這些長大的，謝致文兄妹動作飛快，立即在魚身上夾起一大塊，其他五個孩子齊聲歡呼，筷子一起進攻，一時停不下來，歡笑聲息伴隨著屋外風雨旋律，四處迴盪。

「你們想知道阿嬤當初是怎麼抓南洋鯽仔嗎？」

這還用問嗎？飯桌旁又是一陣歡呼！謝欣琪也已離開廚房，跟著大家一起坐在桌旁。

「阿嬤在水中抓著畚箕，致文的媽媽跟伯旭的媽媽分別站在溪溝兩頭，朝著水邊雜草跺腳，被驚嚇的魚兒朝著阿嬤那邊奔闖，我雙手敏捷地往水裡一撈，幾隻魚進了畚箕，沒多久，水桶滿載，哈哈，真厲害，不但家裡的每個人都能吃上好幾尾，阿嬤還能拿到林邊的菜市場換錢回來。」

阿珠蹦蹦跳跳，更把七個孫子心花怒放的情緒推送到最高峰，一屋子的歡笑從每一扇窗戶漫溢而出，一家人的歡暢氣息摻揉在一村子的靜謐氣息，再縷縷飄送到每一條路徑，每一戶人家。

「空空的畚箕中一再變出活蹦亂跳的魚兒，對小孩子來說，當然是好玩的遊戲！她們總會吵著要下水。」

「阿母，我也要抓！」阿珠學著女兒在水邊跺腳的姿勢，還模仿她們的腔調，渴盼眼神和尖細的小女孩稚嫩聲音，雙掌交纏，擺在下巴處，更是惹來一室歡笑聲，久久不絕。

「來，輪流下來撈，阿姊撈完換小妹。抓完魚之後，我們在水邊切開魚腹，刮下魚鱗，挖出魚鰓，一邊殺魚，全家一起享受清涼流水，還順便洗頭髮，洗臉。」

阿珠輕啜一口酒，迷濛眼神中盡是陶醉神情。

「阿嬤，您在喝酒嗎？」孫子指著阿珠手中那杯透明液體，興味盎然問著外婆。

「這是阿嬤自己釀的米酒，哇，很純，比公賣局的米酒還要好喝，下雨天，阿嬤怕冷，喝點米酒暖身。」

「小孩子不可以喝酒，你們喝可樂，阿嬤喝酒。」阿珠又沾了一口酒，張大嘴巴，刻意拉出一聲長長的讚嘆，七個孫子當然又是齊聲大笑。

飯後，阿珠從冰箱拿出幾個釋迦，幾個孫子看見這種水果，臉上又是臭臭的。

「在阿嬤的菜園裡種了好幾棵，才剛長出幼芽來，卻被狗狗幾個舒服的翻滾，全部死翹翹了。」阿珠一下子指著林靖怡，一下子指著林靖傑：「咦，到底是靖怡的媽媽還是靖傑的媽媽種的？」

「阿嬤，靖怡跟靖傑的媽媽不就是同一個人嗎？」幾個孫子迷糊了，但也不忘哈哈大笑。

「呵呵，對喔，那到底是靖怡的媽媽還是繁燕的媽媽呢？唉呀，阿嬤忘了，反正就是狗兒把她的釋迦樹全部搞死了。」

「她氣得拿一根棍子準備找那幾隻狗算帳，哈哈，那幾天，村裡所有的狗不知道溜到哪裡避難了，通通閃得不見蹤影。」

「後來你媽媽把種子藏在溪底阿嬤種番薯那一小塊地上，哈，真的長了起來，可惜啊，一陣颱風，寬六百公尺的林邊溪全部變成大水道，你媽媽種的釋迦全部被掃到台灣海峽裡，通通送給海龍王當飯後水果了。」

「她哭啊，哭啊，嗚，嗚。」阿珠還刻意伸出一手掌背，在雙眼前來回擺動，嘴巴還學著小孩子的嗚嗚哭聲。

「但是有人跟她說，妳自己看看，河裡的香蕉園、竹筍園、番薯田、綠豆田，哪塊田地還留下來？村裡辛苦種的田，一天之內全部報銷，大家都沒說什麼，妳那幾棵小樹算什麼？」

「聽過後就不敢再哭了，反而到溪底幫忙大家清除田裡的大水柴，一個小女孩，卻能自己一個人，用繩子綑綁後，一路拖，拖回來幾支特大號的檜木，哈哈，阿諒伯公帶鋸子鐵鎚到我們家，挑出一些比較完整的木片和木塊，幫阿嬤做了一張桌子，就是這一張啦，我們現在吃飯的這一張漂亮桌子。」阿珠拍拍桌面，喝掉杯中的剩酒，起身準備再倒一杯。

「什麼是大水柴？」孫子睜大眼珠，好奇問著。

「嗯——」阿珠手捧酒杯，一時找不出一句她能懂的國語來解釋什麼是「大水柴」。

「大水柴就是洪水從山上沖下來的木柴，也就是漂流木啦！」洪伯旭可能是從老村長那邊聽過這句台灣話，立刻出言幫外婆解圍。

「拖回來的大水柴拿鋸子和斧頭整理一下，就堆在大灶旁邊，嘿嘿，當時，阿諒伯公也常來幫阿嬤劈柴喔。哇，只要林邊溪淹一次水，阿嬤就能連續好幾個月都不用出去找煮飯燒開水的乾柴和椰子葉了。」

阿珠站了起來，手中比出一個環抱的動作，雙眼圓睜，故意扮著氣喘如牛的口氣：「阿嬤當時曾經一個人從溪底扛回來一支像這麼粗的大水柴，哈哈，村裡的男人哪個不嚇一跳？怕被那支天下第一大的木柴壓到，大家閃得遠遠的，沒有人敢靠過來。」

「耶！」七個孫子齊聲歡呼，張繁燕拋下碗筷，離開椅子，一個箭步就衝上外婆身上，像一隻小猴子爬上外婆的肩膀上。

「這隻猴齊天比那支大水柴還輕，嘿咻！嘿咻！」阿珠扛著張繁燕，在屋內邁開大步，嘴上高聲喧嚷，配合著一屋子小孩的歡笑聲浪。

十二

那棵茄子樹並不高大，樹冠才長到她的頸部，想不到卻掛滿大小茄子，謝欣琪算了一下，哇，真不敢相信，算到第五十條她就放棄了！

「你是阿珠的外孫嗎？」背後突然傳來一位老婦人的聲音，她嚇了一跳，趕緊將手從茄子上移開。轉身向這位老婦人點頭：「是，我叫做謝欣琪，從高雄來外婆家，阿婆，您好。」

「呵呵，來，阿婆種的黑狗仔長得很漂亮，村裡的人想吃，就自己來這邊採幾條回去，不用客氣，妳想吃幾條，儘管採。」

「謝謝阿婆。」她抱著那五根彎彎曲曲的茄子，滿臉笑容地跟這位老婦人道謝。

「來，用袋子裝，黑狗仔滑溜溜，抱這幾條走路，會掉到地上。」老婦人從廚房中拿出一個大塑膠袋，還幫謝欣琪挑了幾條已經熟成的茄子。

以前她最痛恨的九層塔炒茄子，現在卻變成最想一吃再吃的佳餚，謝欣琪來到一片小空地，看那一棵茂盛的九層塔上有幾隻蜜蜂，她先提著塑膠袋站在一旁，不想打擾，等蜜蜂忙完後才慢慢採下一片片九層塔香氣四溢的翠綠葉子，和茄子一道擺在袋子裡，跨著雀躍的腳步走回外婆家。

謝致文獨自一人漫步在小溪流邊，水邊停靠著他跟林漢中借來的腳踏車，他眺望著鎮安沼澤，外婆與林漢中所形容的遍布溪溝的平疇綠野此時已不見細流穿梭，眼前只有一窪又一窪深不見底的潭水，很難以想像媽媽小時候竟然曾跟外婆和阿姨經常在此下水撈魚，他愉悅的臉上立即掛著孺慕神情。

來到碧綠水潭旁，不敢驚擾魚群藏身草梗中悠閒覓食的節奏，謝致文輕踩著腳步，看見魚兒時，佇足彎腰，欣賞牠們水中悠游的倩影。魚兒輕巧地搖動著細薄魚鰭，穿梭在水草中，彷彿踩著細碎舞步的水中精靈，一些細如針線的小魚撩弄水面，戲弄著點點漣漪，水面猶如一匹柔滑絲緞，款款飄逸在微風中。

鄭永昌家的膠筏又出現在一大片水潭中間，來自印尼的鄭阿姨撐著船，船後拖曳著一襲長長的漁網，撩撥出幾道徐徐水波，謝致文高舉雙手，擔心鄭阿姨分神，他不敢高呼出聲，只是朝著船隻搖動雙掌。

林靖怡從冰箱裡拿出一個釋迦，一小瓣、一小瓣緩緩剝開，她慢慢吃著果肉，小心翼翼地撿起釋迦的每一顆烏黑種子，放進碗中。

想不到她一向最痛恨的水果，竟然在外婆的一段故事中，變成人間絕佳美味。種子烏黑發亮，她挑了最飽滿的十顆，準備帶到堤防上，丟進溪床中，讓那些釋迦種子自行找到繁衍途徑。

空氣中，湧動著林邊溪的活活氣息，堤坊邊，椰子樹沙沙輕吟，而從大鵬灣方向吹拂而來的海風捎來水鄉澤國令人心神迷醉的飽滿氣韻，還有，就是從泥土中浮湧而出，源源不絕的溫潤吐納。

林靖怡，這個從喧囂大都會而來的小女孩，左右手掌個抓著五顆釋迦種子，雙臂全張，瞇著眼睛，盡情享受著在她身旁款款流連打轉的鄉野生息。

外婆口中描繪的那一小塊番薯田已不見蹤跡，林靖怡挑個靠近堤防的空地，用枯枝挖了幾個洞，將幾顆最飽滿碩大的釋迦種子埋好後，拍拍雙掌的灰塵，心滿意足，準備走回村裡。

站在堤防上，天色中浸透著醉人的酣紅與金黃，一片鋪陳在高大野生蓮霧樹旁的草原浸濡在夢幻般的瑰麗色澤中，滿天閒逸飄舞的鳥群輕歌淺唱，河中那遍野白茫茫的蘆葦花迎風搖曳，隨著啁啾鳥語撩弄著纖細姿影。

「找到畫畫的好題材了！耶！」林靖怡振臂高呼，朝著溪中景物揮舞致意。

十三

沿著堤防邊的小路前進，大家似乎還能聽到林邊溪的水流聲響，幾部腳踏車，十幾個孩子又叫又笑。

陳曉玲帶隊，由斜坡衝上堤防，兩隻小狗狗像似識途老馬，在隊伍最前端不斷興奮叫著。

前方那座高大竹叢和茂密的老樟樹間就在眼前，一群人喧嚷著飛馳而來，枝葉中突然闖出幾隻飛鳥，群鳥像是聽到下課鐘時衝出教室的學童，喜孜孜地往林邊溪飛奔而去。

巨碩如威武大軍的竹叢在風中不斷變換自己的歌聲，這一大群小孩像是發現寶貝一樣，爭相發揮想像力。

「你們聽，好像豬在叫喔！」王明仁先聽出竹子在風中相互推擠所發出的粗嘎聲響。

「哈哈哈！真的好像是豬叫聲耶！」有人學起豬叫聲，眾人又是一陣哄堂大笑。

「你們聽，好像是尿尿的聲音！」一陣更大的風從溪底而來，竹叢發出綿綿不絕的沙沙聲響，像是無數水花飛灑在天空中，輕盈音韻飄散在堤防裡裡外外。

「哈哈哈！竹子在尿尿！」

「耶，好像是老村長坐在藤椅上的聲音！」林漢中坐在堤防上鄉公所剛剛擺上來的水泥長椅子上，瞇著眼，伸手摸著下巴，學起老村長坐在藤椅上輕撫著鬍子的姿態，口中還模仿著竹叢發出的聲音：「彎——彎——」

「聽！樟樹也在唱歌。」洪夢憶突然壓低聲音，用手勢示意大家安靜下來。

老樟樹婆娑的枝葉隨風招展，繁茂的小葉子發出鈴鈴細響，整棵大樟樹宛如掛滿數萬個如同小巧蓮霧的鈴鐺，清亮音符漫天飄散，滲入低處蓮霧翠綠的枝葉裡，飛上椰子高高的樹梢中。

這一群孩子沉靜下來，專注聆聽這兩種高大雄偉植物的合唱曲，大家臉上掛著陶醉表情。還正沉醉在變幻不定的大自然韻律裡，突然，一陣更大的風又從溪底撲上來，竹叢和樟樹再次齊聲高歌，高高的椰子樹也用沙啞的音調加入合唱。

「耶！」十幾個孩子打破靜默，在堤防上來回奔動，以他們所能發出的極大歡呼聲響加入大自然的鳴奏。

「嘩！」一棵椰子樹突然掉落一片大葉子，從枝頂滑落時就開始發出嘩嘩聲音，墜入一旁蓮霧園中。

奔跑在樹梢間的風神越玩越有勁，又有三棵椰子樹丟出大大的枯葉，加入孩子群與樹群共譜音律的熱鬧行列。

風勢歇止，竹叢和樟樹暫停歌唱，剛剛掉落大葉子的幾棵椰子樹還持續搖曳，一隻大鳥飛上椰子樹頂，身影立即消失在葉叢裡，只聞咕咕鳥鳴從中飄逸而出。

「外婆家真好，可以站在高高堤防上聽大樹唱歌，風兒也是那麼詩情畫意，好像會指揮這些大樹合唱呢。」洪夢憶越說越陶醉。

「聽媽媽說，我的外婆家比這裡的大樹更多，而且小河流更多也更乾淨。」王明仁得意地嚷嚷著，「媽媽說，從機場到外婆家必須再花上十幾個鐘頭的時間，沿途都是大樹和河流，比這裡漂亮好幾百倍呢。」

「十幾個鐘頭，那麼遠？」大家一起停步，一陣驚呼。

「媽媽說回家要換好幾次交通工具，還要在河邊等船，有時一等就是一兩個小時。」王明仁好像對外婆家有著美妙遐思，越說越得意。

「搭船回家？好棒耶！林邊溪也有船，哪天我們也跳上去，好不好？」林靖怡早就注意到溪邊那幾條船，趕緊趁機提議。

「那些是大人釣魚用的，小孩子不能坐上去。」陳曉玲一向飛天鑽地，任何地方都敢闖，就只有那些小船不敢踏上去，想必爸媽跟阿公阿嬤經常跟她叮嚀交代。

「你們真的都沒有去過外婆家？」這一群孩子不像剛剛來時騎得有如疾風奔馳，此時大家緩緩踩著車子，一直關心這四個朋友能否回外婆家。

「媽媽說我小時候回去過一次，就那一次而已，以後爸爸就沒有錢讓我們搭飛機回越南，媽媽一直在菜市場和蓮霧園打工賺錢，希望能趕快賺機票錢，帶我回外婆家。」王明仁突然想起媽媽跟他提過的另一項難題：「媽媽說回越南看外婆，我也一定要帶過去，要不然外婆只看我的照片，她還是會不快樂，所以，一次要買兩張機票。」

「媽媽說每年過年初二，我們都要回娘家，你們的媽媽這麼多年都沒回去找你們的外婆，她們很不快樂嗎？」洪夢憶問道。

「不知道耶，我又不敢問她。」王明仁一臉苦瓜相，吶吶說著。陳曉鈴、林漢中、鄭永昌三人靜默不語，沉著臉陪在一旁。

「我們存錢幫他們的媽媽買機票，好嗎？」洪夢憶突發奇想，拉開嗓門尋求大家同意。

「聽說一張機票要好幾萬呢，我們哪有這麼多錢？」大家一起搖頭。

「我也沒有錢，通通給他們了。」張繁燕在陳曉玲的後座自言自語，兀自搖頭。

車隊陷入一陣沉默與寂靜，大家緩緩騎過廟前空地，回到村子裡頭，就連穿越老榕樹在風中緩緩飄搖的大鬍子時，大家也無心伸手順勢玩一把。

阿坤加快腳步跟在車隊後行走，孩子們沿路的喧嚷爭論與無奈的沉寂有如兩股愁悶氣息，俱在他耳際飄泛著，他的一貫憨愚神情似乎已被這群大小孩子的懵懂對話捲入淹沒，取而代之的則是一抹憂戚神色。

十四

時間的長河從兩條新舊堤防流過，從地面溪河和地下伏流滑過，從村裡每一條大小道路拂過，從椰子樹和蓮霧枝葉上掃過，在她身上留下歲月痕跡。

林邊火車站的時刻表改來改去，而南來北往的火車卻永遠宛如鐘擺一樣，規律地刻劃著時間節拍和歲月印記。

阿珠這段時間總覺得自己肉體仍聽使喚，精神卻似乎已日趨孱弱，可以一笑置之的平凡瑣事卻總是繚繞在心頭，久久不散。臨睡前，她將彩虹般的美妙回憶拆散，拼湊回去後卻只能嘆息，不見增添燦爛，反而更覺空虛。擁抱著孫子齊回鄉土的喜悅，卻往往又莫名奇妙地跌入悵然若失的輕嘆中。

四周一片寂靜，除了嘰嘰蟲鳴之外，只有腳步踩在大馬路上發出的幽森迴音，彷彿有個隱形人就在村裡遊蕩。阿珠知道那是阿坤的腳步聲。

阿坤可曾想起不告而別的太太跟孩子？他老是在深夜時在村裡遊蕩，是不是在想念半夜離去的孩子？妻兒搭上火車，奔往不知名的他鄉，那個孩子現在多大了？跟我幾個女兒比起來，那孩子應該排在我哪兩個女兒之中？

阿坤的孩子叫什麼名字？唉，真得是想不起來了。阿坤的太太叫什麼名字？唉，好像也模糊不清了。阿珠不會抱怨那天在林邊溪畔田間小徑手舞足蹈想接近車子時，母子兩人加速離去，將她拋在大雨中的難堪場景：「不好意思跟我見面嗎？或者那只是我的幻覺，車子裡根本就不是阿坤的太太和兒子？」

「她叫什麼名字？奇怪，我怎麼會突然想不起來？」阿珠還在腦門中搜尋母子過去在村子裡的的浮光掠影，就在此時，她突然驚覺，當年讓她哀痛逾恆，數十年來縈掛在心的大女兒名字，此時竟然也難以浮現腦海，阿珠心中一陣突如其來的震顫，她從床上一躍而起，動作敏捷果斷，兩行眼淚卻已經不自覺垂掛在臉頰。

黑幽幽的死亡之浪衝破記憶藩籬，開啟一道光線，朝她滾滾而至，噩夢的恐怖卻像一塊汙漬沾在腦中，拭之不去。過去發生在這個小村子裡，不管是自己的家或是其他村民的家，一幕又一幕，栩栩重回腦海。

「那天如果我在家，就不可能讓她跑到溪裡撿拾從新埤鄉流過來的西瓜。」

「如果沒被淹死，她現在到底是幾歲了？糟糕！我怎麼會連這麼重大的事情都給忘了？」阿珠緩緩躺回，仰望著天花板，雙手平靜放在身體兩側，卻倏忽驚覺這態勢與她歷經兩次痛徹心扉的事故有某種程度的相似關聯，她趕緊將雙臂往上舉，雙掌交纏，擺在腦後杓。

阿珠心中似乎潛藏著某種複雜糾葛的自我解離情結，她清楚保留住當時阿諒一臉痛楚，騎著腳踏車狂奔衝到溪底番薯田，狂呼她趕緊跳上後座的每一道心緒刻痕，丈夫血跡斑斑被村人合力抬回家門外的那一幕慘狀永遠烙印在她心底。

但是，衝到醫院，大女兒闔眼，渾身冰冷，阿珠瘋狂哭吼，呼喚不醒，心肝俱同碎裂那一刻，卻有如一抹可以被歲月輕鬆拂去的淡薄塵埃，偶爾浮湧心頭，卻每次都在另一個影像浮動在心坎時，奇蹟似地煙消雲散。

丈夫成了輪下鬼，阿珠咬緊牙根，暗暗數算著有如千斤萬擔的每一個辛苦日子，腳步沉沉，有如繫綁著重鉛，卻一直膽怯於記住那個淪為波上魂的女兒已經離開她多少歲月。

當初推著那部四輪車賣三餐，她總是負擔起最多工作，到溪底撿拾漂流木，到郊外拖回椰子葉和枯枝，劈柴，起火，樣樣都是她。家務事大小一肩挑，上學卻從不會缺席，功課總是排在前頭。唉，村裡人人稱讚：「以後誰娶到阿珠的那幾個女兒，那真是福氣啊！」

娶？嫁？唉，自從丈夫離她而去，阿珠屏除所有雜念與私情，她很清楚，自己往後的人生目標就只有一個方向，那就是把五個女兒拉拔長大，完成高等學業，通通嫁出去，而且，個個都必須有著美滿家庭。

「唉，說來也是有點對不起阿諒啦，那麼照顧我們這一家，我卻一直沒給他好臉色，也只不過是稍稍獻點殷勤，多跟我說幾句小聲心內話，我就板起臉來，硬是把他往門外推走，絲毫不留點情面。」心緒觸及這一片既酸楚又微略帶有甜蜜況味的往事區塊，阿珠眼眶就會泛紅，卻不敢縱容思緒過於眷戀，她總是用一個他人難以察覺的苦笑，悄悄關閉那一扇不慎打開的心窗。

阿珠擦擦淚水，逝去的女兒影像一如以往，再次輕盈地從她的腦海中倏忽遁匿，此時路上傳來阿坤無人能懂的喃喃自語，夢幻似的低語聲，接著是清晰的腳步落在柏油路上的跫然回音，她的回憶又來到當初阿坤太太抱走孩子前，來跟她道別的情景。

「阿珠姊，不是我無情，孩子的確需要一個好環境，阿坤這樣瘋瘋癲癲，孩子的成長過程——」

「我懂，我諒解，妳能忍耐到兩位公婆離開人世才做出這決定，已經很不簡單了，放心吧，村裡的閒言閒語，我一肩挑起，一定幫妳解釋清楚，幫妳擋下難聽的流言，放心吧，阿坤不會淪為無人照顧的流浪漢。阿珠輕拍著她的臉頰，順便幫她抹去淚痕。

　　兩人當時的欷歔低語，此時回味起來，就像是夢境般遙遠的聲音。阿珠記得那孩子在揹巾裡睡得香甜，她摸摸孩子的頭髮，塞了幾張百元鈔在熟睡中小孩的胸前。阿坤的太太不敢收，淚珠漾掛在臉上，一直要伸手從揹巾中挖出那幾張鈔票，阿珠拍了一下她的手：「去吧，林邊最後一班火車不等人。」

　　她揹著孩子急急走向村外土堤，一彎月牙高掛，夜色黯淡，阿坤站在二樓樓頂，滿口胡言亂語，她回頭看了一下二樓上的阿坤，再彎個腰致意，算是向站在路中央目送她走出土堤的阿珠道謝，眼淚又再次撲簌而出。

　　「那些孩子如今都在都市發展，只有過年時才偶爾會回這個破落的故鄉看一看我們這些老人。」沉浸在悲喜交織的回憶中，她腦海有如脫韁野馬般胡思亂想，竟然一時分不清哪些是發生在她家，而哪些又是其他家庭的黯淡或是不堪回首的往事。

沒錯，那個年輕人一定就是阿坤的兒子！幾次見他開車來到村子，先在廟口空地小歇一會，村裡的人見他踏進廟裡，虔誠膜拜，丟一些錢在賽錢箱後一言不發開走車子，從不跟村人打招呼，車子開到阿坤房子前，他一定會停下來，多瞧一眼才將車子緩緩駛出村外土堤。

這個年輕人跟我排行後端的女兒應該是同一個年齡層，唉，現在就算站在我面前我也不可能認識了。阿珠曾幾次靠近車子想問那位年輕人，但是阿珠才一開口，年輕人就趕緊將車子開走。

幾個孫子細弱的酣睡聲在寧靜的空氣中迴響，阿珠逐漸陷入酣足的睡夢中，但是孫子的幾聲咳嗽，又將她拉出夢鄉，再次跌入悲喜交錯，複雜糾纏的回憶中。

那幾個在溪底溺水被救起的孩子，如今都在外地發展，創痕一直潛藏在阿珠的心裡頭，但她並無忿忿之心，當初自己的女兒也是被救起，只是送到林邊的醫院時已經慢了一步。

「應該都已結婚生子了？呵呵，都三十幾歲了。」回想起那些被救起的小孩，阿珠總是會替他們目前的生活狀況和家庭組合操心。

「那個掉進蓮霧園糞坑池子裡的小女孩也早已結婚了，她孩子的年紀應該跟夢憶差不多吧？」阿珠眼尾微微漾出笑意，腦海中流轉著那一段從蓮霧園池中拉起小女孩的情景，那臭得令人作嘔的味道彷彿又流闖在身旁。

阿珠又回想起她從村子入口的牌樓帶著那位女孩回家的情景，眉頭黯淡地皺著，唉，她老爸打起孩子真像是要殺人一樣，一個楚楚可憐的女孩子被打得慘叫不已，村裡沒有人敢靠過去解危，還是需要她出面搶下棍子或皮帶才能讓孩子停止顫慄。

村裡的孩子長大成人，在外頭發展，回到官埔村，都會到阿珠家走一走，看一看，這一點讓她相當得意，雖然她已經無法記住大家的名字了，但是一見面，阿珠總是可以想起這個年輕人孩童時其在故鄉碰過的趣事或糗事。有時她也會詳細跟這些年輕人訴說那一段故事，笑鬧之聲總是會晃漾在村內大小街弄，久久不已。

「我當然清楚，農村不可能再回復到從前的景況，想要把全村的人通通叫回來相聚，我也知道機會並不大，但是，如果真有那麼一天，我再弄幾道拿手菜請大家道土堤上的老樹下，大吃一頓，大家重溫一下當年整個村子老老少少聚集在推車旁的情境，那股令人無法忘懷的濃濃人情味。」

她近乎執迷，替自己戒慎訂下這道不容許變動的門檻。

十五

一夜難以成眠，阿珠好久沒有像這樣半睡半醒。一早醒來，腦袋昏沉，廚房已經飄出香氣，靖傑跟繁燕兩個小不點的稚嫩聲音在廚房此起彼落，一聽就知道兩人爭著要幫忙表姊，阿珠心裡頭一陣溫馨：「越幫越忙，呵呵，欣琪這下子可頭大了。」

一個早上都是昏昏沉沉，在村子裡串串門子，勉強度到中午，謝欣琪已經料理好午餐。用過午餐後，阿珠將七個孫子全部趕上床，自己卻難以入睡，她步出大門，走向村外的小廟宇。

幾個村人在廟前榕樹下喝酒，有男有女，有老有少，阿珠也坐下來跟他們閒聊，腦筋不清楚，昏昏沉沉，她不想喝，卻被連續敬了幾杯，只好找個藉口快快離開。

她步過一處蓮霧園，陣陣惡臭味飄懸空氣中，她知道那是動物糞便的氣味，種蓮霧的農人在田裡擺上幾個很大很大的塑膠桶，或是在地上挖出一個大洞，鋪上塑膠布，發酵後的動物糞便是極佳的肥料，氣味真的是很難聞，但是大家也不以為忤。

沒睡好，又喝了幾杯，阿珠體力漸漸不濟，她決定不再逛了，走了回來，經過幾區蓮霧園，那股鋪天蓋地的惡臭就像驅之不去的魅影，好像也緊緊攀附在她身上，隨著她的身影闖進她家中。

晚餐後，七個外孫又準備要聽聽外婆說故事了，七張椅子一字排開，各個臉龐有如迎接著耀眼陽光的盛開花朵。

「她摔到水池中，那是什麼水池，你們知道嗎？就是裝大便的池子，準備澆蓮霧，讓蓮霧長得又大又甜，紅嘟嘟。」

「種蓮霧的農人在田裡挖一個很大很大的洞。」阿珠放下酒杯，雙臂全張，雙眼做出一個誇張的表情：「這麼大！這麼大！」

「那些大洞不是給小孩子大小便用的喔，那是用來裝豬糞、雞糞，鴨糞，等發酵好了之後，農人就用一支長長的大舀子，把糞肥舀到蓮霧樹下。」

「你媽媽——咦，到底是欣琪的媽媽還是致文的媽媽？」阿珠突然猛抓頭皮，嘴中支支吾吾。

「阿嬤，欣琪的媽媽跟致文的媽媽不是同一個人嗎？」七個孫子面面相覷，你看我，我看你，最後除了欣琪跟致文還在發呆，忘記說話，還有就是張繁燕已經將注意力轉移到外面突如其來的一陣風，其他四個孫子齊聲質疑。

「呵呵，對啦，阿嬤真是老糊塗了。」阿珠被幾個孫子一糾正，自個拍著膝蓋哈哈大笑：「那到底是欣琪的媽媽，還是繁燕的媽媽呢？哈，不管了，反正她就是偷偷拿著人家的長舀子，在池邊學大人澆肥，一不小心，整個人就滑進池裡。」

「唉呀！阿嬤把她拖上來時，她渾身臭得好像幾百年沒洗過澡一樣，就跟那些豬舍裡的豬一樣，好臭！好臭！」

「阿嬤把她拉到蓮霧園的抽水馬達旁，叫她乖乖在那邊等，我衝回家拿一塊香皂，回到水井旁打開電源，用最大的水沖洗。」阿珠的肢體語言越來越豐富，不停比手畫腳：「哈哈，一整塊香皂都快洗完了，臭味才消失，你們知道那時代香皂有多珍貴嗎？但是，沒辦法啦，一身大便走回家，那是會被打死的。」

「她渾身發抖，我一邊幫她洗乾淨，她一邊哭，一直說不能讓阿公知道，要不然會被打死的。」

「曾祖父很兇嗎？」謝欣琪語氣開始發抖，輕聲問著。

「亂講，你們的曾祖父和曾祖母的脾氣好得很，他們很疼孫女，不要說打人，就連罵一句也捨不得。」

「那麼，媽媽怎麼會怕她的阿公——」謝欣琪才剛要問下去，阿珠就把話題扯到另一個故事。

「你們的媽媽那時候在高雄學理髮，和女師傅的丈夫談戀愛，跟人家跑了，女師傅找人找到村裡來，兇得像虎豹母一樣，哎呀，全村沒有人敢惹她，就只有阿嬤敢跟她談判，先跟她道歉：『對不起呀！對不起呀！我們村裡的孩子沒有教好，破壞妳的家庭，這是我們的不對啦。』阿嬤答應那位女師傅，幫她把人找回來，那個女師傅才氣呼呼地離開。」阿珠指著兩眼發直的洪伯旭跟洪夢憶，越說越大聲。

「阿嬤找到兩人的電話，勸了好幾天才將她叫回村子來。她站在村外大牌樓的大柱子旁，不敢走過堤防，不敢進入村子，阿嬤走過去拉著她的手叫她不要怕。」阿珠穿越過記憶籓籬，奮力模仿當年景況，全身瀰漫著振奮甜美滋味。

疑惑的線條爬上洪夢憶的額頭，她垂頭喪氣，半晌說不出一句話來。

阿珠站了起來，走出外面，孫子以為她要到外面看看雨勢有多大，想不到他一轉身就衝進屋內，手中還拿著一支竹片，朝著一張空椅子狠狠抽打：「我打死妳！打死妳這個不要臉的女人！」

「啪！啪！啪！」阿珠抽打著空椅子，口中還學著竹片落在人身上的聲音：「竹片像下大雨一樣落在她的身上，她哭都不哭一聲，咬著牙，也不敢逃，就站在柱子旁讓他爸爸打個過癮。」

「整個官埔村的大人沒有人敢過去說句話，就連你們現在看到的老村長，當時還很年輕，他也只能站在一旁搖頭嘆氣。」

「阿嬤就不怕了！我衝過去，搶下竹片！」阿珠順勢將竹片丟出門外，還得意地拍拍雙掌，彈掉手中的灰塵：「教訓一下就好，你這種打法，不怕打死她嗎？再打下去，我就叫警察把你抓去關！別以為當她的老爸就可以這樣子打孩子喔！」

洪伯旭和洪夢憶一臉迷糊，媽媽當年曾到高雄學理髮？為何爸爸都還得花錢帶我們兄妹到大樓下的美容院？小姐幫她綁兩條辮子，媽媽還得多付錢，奇怪。

「你們的媽媽，當時每天必須搭火車到屏東讀高中，在林邊火車站的寄車棚裡陸續偷了幾百支腳踏車後輪上沒有拔下來的鑰匙！很多學生因為車子付錢寄放在車棚，所以安心不上鎖，你們的媽媽就一支一支慢慢偷，裝滿一個大盒子，當成玩具。」阿珠又把故事扯到林靖傑跟林靖怡身上來。

「後來被抓到了，寄車棚的老闆告到村子裡來，被她爸爸綁在電線桿上，就是那個叔公畫得滿滿那根電線桿，用皮帶一直抽！一直抽！」

「啪！啪！啪！」阿珠口中又學起皮帶抽在人身上的聲音，臉上流露著奇特的挑釁意味：「哭得好像魔鬼要抓走她一樣，連我在堤防外的大馬路上跟人家講話都聽得到哭聲。」

「哈！阿嬤衝上去，一出手就搶下那條皮帶！」阿珠臉上滿溢著喜樂振奮的感覺，像似沉湎於夢幻之境：「她老爸都不敢跟我要回那條皮帶，自己垂著頭走回去，我動手鬆開電線桿上的繩子，把人救了，還親自把皮帶交回給在家喝悶酒的老爸，他啊，一面喝酒，還一面感謝我。」

阿珠的身影在背後滿室燈光的襯映之下宛若是女巨人，林靖傑和張繁燕已經呼呼大睡，幾個較懂事的孫子卻垂首喪氣，吃力地掀動著嘴唇，半天說不出話來，紛紛拖著沉痛的腳步慢慢踱向自己睡覺的角落。

一屋子的沉鬱哀傷在每一角落慢慢堆積，逐漸從每一扇窗戶漫溢而出，夜色中，月光將一村子的靜憩與安詳搓揉成有如在小徑上緩緩漂泛的銀白小船，承載著那縷縷沉重心緒，隨著微風遠離而去。

十六

洪夢憶一大早就獨自一人坐在堤防上的長椅，面朝那棵老樟樹和巨碩竹叢，答應過陳曉玲兩人一道再來聽聽兩棵大樹的合唱，此時卻黯然神傷，不敢邀她一起來。

昨天，竹叢在風中變換不定的的聲息讓大家捧腹大笑，此時竹叢的呻吟聲聽來卻讓她聯想起媽媽當時的苦楚和無助的呼喊，掙扎著忍住淚水的一臉童稚再也無從藏匿，洪夢憶眼淚撲簌撲簌掉下來，轉身朝著無人的河水大喊：「媽媽，不要哭，我來救您了！嗚！嗚！」

站在堤防上高喊，要媽媽不要哭，她準備要來救人，自己卻淚流滿面，哽咽難語，背向那棵老樟樹掩面低泣。

一陣強風從溪底捲起，掃過蘆葦，拂過她的身旁，老樟樹先唱起歌來，竹叢這時卻反而只傳出嘶嘶沙沙的輕聲細語，彷彿陪著她低聲哭泣。

奔馳在老樟樹樹冠上的風才剛靜止，洪夢憶拿開掩面的濕濡雙掌，哥哥洪伯旭和王明仁已經出現在她身旁，王明仁遞上幾張衛生紙，洪伯旭拍拍她的肩膀，兩人面帶微笑，彷彿想讓洪夢憶認為他們不在意這件事，不發一語轉身離去。

林邊鐵橋上一列火車疾馳而過，遠從溪水出海口傳來的引擎聲響劃破四方寂靜，溪中河草迎風動搖，彷彿興奮地朝著車子揮手道別。洪夢憶緩緩起身，準備離開老樟樹和竹叢，一陣和風掠過繁葉，枝梢沙沙輕語，似乎更加點畫出這裡永無止境的蕭索。

林靖怡本來想在今天畫下這一片草原，此時紙筆丟在外婆家中，就連美景也無心欣賞了。坐在草地上，背靠著野生蓮霧樹，雙手緊抱膝蓋，垂頭寂寂，將自己的身影藏匿在這一大片的草原裡，想起媽媽當年的遭遇，她流下幾滴淚水，輕輕鳥鳴此時聽來宛如在竊笑，她拔起幾棵細草，賭氣地將草枝擲向在草地漫步的鳥兒。

風從四方來，拂過每一支葉莖，搖起所有沉睡草梗，折射在點點葉尖的狂舞光影幻化成飛騰在綠野的浪花細沫，悠靜草原此時有如飄散著千千萬萬的銀白水珠，耳際呼呼作響，鳥叫蟲鳴忽明忽暗，坐在草上的林靖怡一躍而起，發現已被一望無際的細白碎浪緊緊包圍，群鳥消聲匿跡，她睜大眼睛，讚嘆驚呼，卻總是不願輕易挪動腳步。

轉眼之間，雨勢已起！林靖怡飛奔至另一棵更高大的野生蓮霧樹下。夾帶碩大雨滴的強風掃過溪底，蘆葦身影狂亂，細長禾葉猶如白浪洶湧，一波波急馳前方，再從遠方回踅而來。蓮霧樹堅碩枝幹不為所惑，只有高挺亮綠的嫩葉隨風輕輕抖動。林靖怡目睹此景，卻又聯想起媽媽當時被皮帶抽痛的皮肉在哭叫聲中不停顫動，她再也無心欣賞眼前奇景，高舉的臉孔掛滿水珠與淚珠。

謝欣琪從堤防的階梯上慢慢踱下溪底，回首看看走過的路，背後仍是比人還要高的雜草密密麻麻地堆擠在一塊，隱約聽見有人在堤防上散步、運動時發出窸窣的交談聲，抬頭已經看不見高聳的堤防，確定自己已經消匿在村人的視線內，此時她才露出一整天未曾爬上臉龐上的笑容，安心地朝前方潺潺水聲快步前進

離開水邊，謝欣琪小心翼翼地走過一大片禾草，雜草比人還要高，草叢裡鋪陳著一道稍見平坦的踏實小路，慢慢走過，猶如隱沒在神祕草原裡，就像是穿梭在巨人國度的大草原裡尋找出路的迷途小孩。

慢——慢——，一切都是很慢，連風兒拂過高高禾草的葉梢時，細長葉莖搖晃的節奏也都是有氣無力，朝著四周迸射而出的尖葉，像是神祕生物建設在半天邊的奧祕基地，一群螞蟻在細長禾莖上下奔波。

謝欣琪走到一處水潭邊，盯著腳下這一漥像是大池塘般的幽暗溪水，專注地看了好一會，卻始終感覺不出它一絲一縷的微弱生命力。媽媽當年掉進糞池的狼狽樣與哭泣聲糾纏在她腦門。

水面上頭一群群細微如灰塵般的白色飛蟲，宛如被狂亂的指揮棒撩動，忽而成群往左，忽而成群往右，有時急速拉起，一轉眼又見牠們俯衝，卻能瞬間靜止，像似一團輕煙，泛漫在水面上。

水，像是靜止無息，溪水雖然如同一章死寂哀歌，卻又見它一直從水底冒出氣泡來，彷彿酣睡在凝重的夢囈之中。

謝欣琪撿了幾顆小石子，本來打算要丟進水中，破壞冒出氣泡的地方，又怕被激起的水花噴上身，這一漥像是大池塘般的黝暗溪水立刻就讓她聯想起媽媽滑入糞坑那一幕。

她鬆開緊握的手掌，兩邊的石頭吸吮了手心的濕氣，乾澀的灰白轉變成暗灰色。風兒輕輕的，她感受到風兒拂過身體，輕輕地撫觸著他裸露在外的每一寸肌膚，閉起雙眼，她甚至還能感受到風兒輕撫石頭的含蓄聲息。風兒逐漸帶走水氣，被掌心汗水沾濕的石頭又從暗灰色慢慢地回復到原來的灰白色。舉頭望了一下溪水，石頭慢慢地滑下手掌，臉龐扭曲，痛苦滿溢，雙目緊閉，眼淚也逐漸溜下臉頰。

謝致文一整個早上都聽不到見謝欣琪、洪夢憶和林靖怡三個人的聲音，他將張繁燕和林靖傑安置在電視前，自己在村內轉了一大圈，問過每一個小孩，就是沒有人看見她們的行蹤。

他從廟前小路走向堤防，才跨出幾步就見洪夢憶寒著臉走回村子，「靖怡在那邊，欣琪在溪底，下雨了，哥哥，您不必去找了，她們馬上就會回了。」洪夢憶一看謝致文的神情就知道大表哥正在找她們三人，她用手掌略略遮頭，擋一下絲絲飛舞的雨水。

夜色籠罩，村子內一扇扇窗戶流透著溫潤光芒，流瀉而出的多國歌調在小徑中四處飄搖，一支接一支電線桿上的小孩畫像此時看來更為活靈活現，好似在銀色月光下載歌載舞的快樂小天使。

洪伯旭放下書，揉揉酸累的雙眼，今天情緒也不佳，帶來的課本只是隨意翻翻，內容有如浮動的光影，很難放進腦袋中。他決定趁大家都上床之後到外面走走。站在屋後的幾棵蓊鬱大樹，在鬼魅般的月光下形成幢幢黑影，融成了一團黑的枝葉在夏夜涼風的撥弄之下款款搖曳，沙沙輕響的語音起伏有致，好像在催眠一樣。

月亮照亮了村裡的路，一直到轉彎的地方為止，他回頭看看外婆的推車和大灶在月光下酣眠，想起當年媽媽跟阿姨圍繞著推車和大灶忙進忙出，再想到這幾個長輩當時的難堪遭遇，他在一道矮牆上沿頹然坐下。

阿坤在他家二樓喃喃自語，低迴音調綿綿不絕，飄蕩在村裡每一條街道，此時聽來卻恍若是廟裡讓人心神安詳的誦經聲。

再次走入屋內，四個睡在通鋪的妹妹與表妹只有張繁燕睡得甜蜜蜜，口中還喃喃說著夢話，其他三人還是難以安眠，翻來覆去，另一張床上的謝致文還拿著畫冊，輕聲說故事給林靖傑聽。

十七

阿珠幾個較懂事的孫子一大早就窩在家中，對於村裡其他同齡小孩要到更遠溪床處探險的提議也是意興闌珊，村子裡一片寧靜，阿坤不見蹤影，就連幾隻狗狗也不知去向。

陳曉玲今天負責點燃起村子裡的歡樂聲息，她最近才剛要升上四年級，就從阿公手中收到一台拉風的腳踏車，天天都得騎上村外土堤，或是直奔林邊，到圖書館借幾本童話書回來。

現在陳曉玲那部新腳踏車前面載著張繁燕，後面載著林靖傑，三個人馳騁在堤防邊的小路，溜過一刻又一棵高大樹木的樹蔭下，腳踏車前面的籃子裡擺著兩隻從阿坤家抱來的剛出生幼犬。三個人快樂得像是小神仙，沿路不斷高嚷，兩隻小狗狗也嚶嚶吠著，剛長出來的纖細絨毛隨風飄揚。

官埔村與竹林村之間的堤防，這段時間聚集不少鄉公所聘請的臨時工，大家彎腰清理堤防上的灌木和雜草，鄉公所說這一段堤防準備鋪上人行紅磚和腳底按摩步道，讓鄉人能在這裡運動，還要種花，美化這條直挺挺的水泥堤防。周遭一排排刻意種植整齊的樹木配合一圃圃嬌弱的華麗花朵，那些工整的花壇，令人感覺矯情又做作，好似只是用來點綴環境，讓水泥硬地增添一些綠色景象而已。

陳曉玲有了這一部腳踏車，這陣子就像是長了翅膀的快樂小鳥，四處悠遊翱翔，她載著兩個都市回來的小朋友、兩隻小狗，來到這一段，一個起身蹬腳，三個人大喊一聲「衝啊！」，腳踏車就沿著斜坡爬上堤防。

臨時工清理出來的堤防上步道正好成了三人的遊樂場，陳曉玲騎得樂乎乎，兩個小跟班則是大嚷特嚷。

「騎慢一點！危險！」原來是老村長也在堤防上，但是他不在除草斬樹的行列，他是過來瞧瞧鄉公所到底是想幹什麼。

「大伯公，您好！」三人大聲打個招呼，兩隻小狗狗猛搖尾巴，陳曉玲放慢速度，悠哉漫遊於堤防上。這一段堤防原本草木叢生，此時清理乾淨，村內其他小孩都還未探路就被三人率先踏了上來，陳曉玲得意極了，一直騎到將近竹林村才停下來。

「哇！好漂亮！」堤防外的小路，那一片盤錯如威武大軍的巨碩竹叢正好站在老樟樹一旁，兩個大傢伙的漫天繁茂枝葉已經是緊靠在一起，枝葉相互撩撥，你搔搔我的大樹幹，我摸摸你的細長竹葉，不斷發出天籟般的鄉野組曲。

三人來到這一段堤防，跳下車子，抱著小狗狗，欣賞兩種截然不同風味的大樹在風中搖曳生姿。

「哇！好涼喔！」一陣風而拂過，老樟樹和大竹叢爭相揮灑出漫天清涼氣息，兩個都市回來的小孩不禁高聲歌頌，小狗狗也伸出長舌，瞇著眼睛享受一番。

「堤防怎麼可以這樣亂搞？」老村長一臉無奈，嘀咕抱怨著，「鋪那些紅磚會比較好看嗎？大水來時，就是直接衝向這個方向，把那些緊抓著泥土地，密密麻麻的大小樹叢通通斬除掉，只靠這些水泥和磚頭，堤防哪能擋住大水衝撞？」

一大群臨時工低頭彎腰，默默工作，他們無法回答老村長的質疑，因為大家都只是鄉公所一天花八百元請來搶救失業率的中高齡族群。

「亂來！」老村長步下堤防，滿腔忿忿，但也只能在口中喃喃自語。

「大伯公再見！」陳曉玲的新車像風一樣掠過他身旁。

「騎慢一點！不在堤防上，也不可以騎那麼快啊！」老村長被嚇了一跳，但還是不忘出聲喊人。

「好臭！好臭！」老村長還未喊完，陳曉玲就已經騎到大型豬舍旁，三個人又是一陣笑鬧，小狗狗也陪著嗯嗯叫著。

工作人群嬉鬧聲浪迴盪在堤防上，河床中，一隻從未出現在附近村落與溪流的怪異大鳥突然飛闖而起，飄浮在遼闊溪床上，眾人紛紛站了起來，放下手中工作，好奇打量著。

大鳥飛入溪旁樹叢，鳥鳴嘎嘎如悶雷，引發出狂盪怒旋的回音，狷亂迴音在叢叢樹林間綿綿流晃，響徹溪床與堤防。

眾人仰頭搜尋，極目搜遍茂密葉叢，就是無法找出那隻巨鳥落足之處。鳥兒並未因為人群的喧嘩鼓躁而暫停高鳴，牠照樣以狂躁節奏不停放送那驚人的叫聲，音韻不息，有如是正在替這片大地織譜著一頁難以磨滅的時空印記。

十八

官埔村附近每條排水溝這陣子經常都是急流奔騰，洶湧的流水激起層層水花，翻滾在狹長的溝渠裡。

大雨的季節來啦，一向以千古不絕的愉悅脈動在這片土地盡情哼唱，在綠疇平野咕嚕咕嚕歡呼的林邊溪，卻能在這個季節激盪出摧枯拉朽的狂暴力量，溪中的湍急水道逐漸遼闊，河道可以在一天之間數度轉換方向，大小沙洲忽而成群結隊羅列在堤防邊，忽而若隱若現，浮沉於寬廣水域中間。

遠從大武山上奔騰而來的溪水大剌剌地切割著河床，那些高大的檳榔和壯碩蓮霧樹盤據在地勢較高處，還能守住領域，低矮的灌木叢和纖細瘦弱的高高河草則通通被掃到海裡去了。

「大武山那邊最近天天都在下雨呀。」阿諒拿著一把他從掉落的椰子葉剪下來的芭蕉扇，舒舒服服坐在屋前的老舊藤椅上。

太陽已經動身投向西邊海岸那一端，穿透遠處雲端的陽光閃閃爍爍舞動在村裡的馬路上，坐在樹蔭下，徐風微微，他跟身旁一大群村民叮嚀著：「這邊都還只是濛濛小雨，溪底的水就越來越深，就連我們村裡的水溝也是越來湍急了。」

雨水一陣接著一陣來，天氣卻一天比一天熱。阿諒一走上街頭，逢人就說他從未碰過這麼熱的一年：「大家要小心啊，這麼熱的天氣一定會帶來嚇死人的大水。」

二〇〇九年八月四日，「在菲律賓東北方約一千公里海面上生成輕度颱風莫拉克——」，電視氣象報告開始集中火力在颱風動態。老村長開始挨家挨戶叮嚀，溪邊堤防上經常看見他來回巡視的憂慮身影。

外婆說的故事雖然還像似一道陰影盤據在心，洪伯旭和林靖怡還是跟著過去，一個是想藉著觀察日見飽漲的溪水，體會老村長所說的古老河道走向，另一個卻是想由溪中變幻莫定的水道找尋作畫題材。兩人緊跟在老村長身旁，好像是左右護衛。

「看到了吧？溪水是不是真的從新埤大橋那邊直直衝過來？當年如果沒有加蓋我們腳下的這條水泥堤防，溪水就是在官埔村先停留一下，然後才慢慢流到台灣海峽。」老村長一手牽著洪伯旭，一手伸得長長的，指向眼前一道這幾天出現的滾滾溪流。

「大伯公，這就是我所說的滯洪帶。」這一道剛出現的大片溪流準確印證洪伯旭的推測，他的臉上掛滿喜色。

「嗯，沒錯，我們的祖先都是新堤防建好後才搬進來定居的。」老村長看著那道翻滾怒吼的溪流，他有預感，這次村裡面臨的絕對是不輕鬆的挑戰，面帶憂色跟兩人說：「上天保佑，希望這道高高的水泥堤防能擋下這次颱風帶來的雨水。」

洪伯旭安靜地隨著老村長盯著那片惡狠狠直撲腳下堤防的寬闊溪水，沉思的目光中帶著一絲異常的昂挺。林靖怡卻為眼前奇景著迷，不自覺地往前多走了幾步，老村長立即上前拉住她的手，牽著兩人步下堤防，在斜風細雨中緩緩走回村裡。

暴雨不知是從何時開始從天上倒下來，半夜裡，雷電爆裂，劃開雲層，大家似睡似醒，始終無法睡得安穩。

雨水撞擊在村裡村外每一角落，令人驚悸的轟轟迴聲響徹林邊溪畔每一寸土地，令人膽顫心驚的雷鳴難以止息，天空像是已經被撕裂，劃過天際的閃電不斷把屋內照耀得如同白晝一般。

八月七日，清晨時，大雨依然下得撼天動地。溪裡的洪水狂吼著投向大海懷抱，大水中漂浮各式各樣的雜物，載沉載浮地衝向林邊溪出海口兩側的沙灘。不計其數的大小漂流木從三千公尺的大武山巔一路衝撞而來，推擠堤防，痛擊橋墩。

出海口的火車鐵橋開始出現險狀！日本時代就已完工的鐵橋經過幾十年的使用還是毫無疲態，卻在地層持續下陷的摧殘過程中，逐漸貼近溪水。

雨水高漲，鐵橋本來尚能勉強承受，但是，此時有如巨柱的漂流木不斷撞擊著鐵橋，甚至連懸在溪水上空的軌道上也被漂流木盤據，枕木上插滿大小殘破樹木！

危矣！七十年歷史的林邊鐵橋。

「暴風圈逐漸進入台灣東部陸地，移速緩慢，二十三時五十分左右中度颱風莫拉克在花蓮市附近登陸——」電視一直播報著颱風快訊，除了林靖傑和張繁燕兩個幼稚園的小朋友睡得樂乎乎，其他五人都一直擠在電視機前。

雨水從七號白天就一直下個不停，到了爸爸節晚上，水花更是漫天狂舞飛闖，蒼穹中彷彿是湧動著一整個台灣海峽的黑潮怒滔。

鐵橋終於在洪水與漂流木的合力摧殘之下，斷成數節，大災難因而上演，因為斷落溪床的鐵橋卡住無數漂流巨木，構築成一道讓洪水難以盡情往海裡宣洩的藩籬高牆！

寬有六百公尺的林邊溪下游轉眼就要滿溢而出！

八月九日午夜三點，也可以說是清晨三點，從林邊溪中游新埤大橋直衝而來的大水突然沖垮靠近官埔村的水泥堤防，率先潰堤，將近一公里的堤防全部化為烏有，滾滾洪流立即攻進村內，轉眼之間漫延全村。

阿珠一夜不敢闔眼，一直坐在窗戶旁盯著路面，當她藉著閃電強光發現村內開始積水，而且水面迅速高漲，水位上漲的速度異乎尋常，她馬上直覺，那道因應河流截彎取直工程的要求，直挺挺，看似天下無敵的雄偉水泥堤防，已經被大自然一向隨興揮灑，卻無從違逆的亙古力量硬生生推開，報銷了！

「快！快！快！全部起床！」阿珠歇斯底里大喊，「趕快往樓上跑！」

她一個一個拖起來，致文也幫忙把弟妹往樓梯口推，外婆還未上樓他就已經點名完畢：「阿嬤，弟弟妹妹通通上來上，您也趕快上來啦！」

阿珠哪肯就此上樓逃難？她扛起電視，傳遞到站在樓梯上孫子的懷中。電視救下來了，她立即衝到廚房抱起電熱水瓶和電鍋，洪水已經來到她的小腿肚，她將兩樣電器擺在水位尚未侵犯的樓梯階上：「致文，抱上去！通通不准下來！」

阿珠的吼聲掩蓋過大雨聲，幾個孫子沒有人敢走下樓梯，紛紛擠在樓上又喊又叫：「阿嬤！趕快上來啦！」

阿珠又衝向廚房，她第一個念頭就是要搶救一些食物，七個孫子要餵飽啊，這麼恐怖的大水來犯，誰知道何時才能到林邊買吃的東西？

「阿嬤！快點上來啦！」七個孫子此時的吼聲簡直就要蓋過洪水奔流和窗外轟轟大響的雨聲，兩個幼稚園的小朋友甚至開始大聲哭了出來。

「好！好！別哭！阿嬤再從冰箱搬一些吃的東西上去，馬上就上樓！」竄入家裡的大水已經來到阿珠的腰部，她鼓足勇氣，涉水前進，衝向廚房。

藉著閃電的一陣短暫光芒，她發現冰箱已經被洪水淹沒一半，阿珠放棄打開冰箱門搶救食物的打算，料定這台冰箱馬上會傾倒在急速上漲的大水中，她趕緊躲得遠遠的，抓著幾包餅乾，涉著又冷又髒的洪水吃力地衝向樓梯，七個孫子通通擠在樓梯上，齊聲高喊：「阿嬤！加油！」

碰！碰！門口傳來巨響，阿珠知道大水已經衝破她家大門，她使盡渾身最後一點力氣，踏上已經被淹掉一半的樓梯，致文雙手一抓，奮力將她帶上樓來，手中幾大包餅乾掉落水中，只剩兩包小餅乾被帶上二樓。

「上去！上去！到三樓神明廳！」阿珠不敢怠慢，她從湧進屋內的水勢以及剛剛大門被擠開的巨響判斷，林邊溪堤防已經被沖掉一大段，官埔村正是位於古河道的流水域，此時，這個小村子根本就是置身滾滾河流中，二樓還不一定安全！

一天狂雨，暗夜進擊，從大武山沿途衝向大海的溪水此時已經將寬有六百公尺的林邊溪灌得幾乎滿溢而出。

最可怕的是，因為長期毫無節制抽取地下水泉，林邊鄉早已變成比海平面還低沉了好幾公尺的一泓巨大窪地，狂暴溪水一旦衝破堤防，灌入鄉內，無法宣洩到大鵬灣的滾滾大水將會留滯在人口密集區，吞沒全鄉！

人間煉獄不遠矣！

潰堤之後，雨勢全無止息跡象，大水多面夾擊，兩萬多人口的林邊鄉立即全部淪陷在滔滔惡水之中。

家家戶戶往樓上逃命，任由一樓家具與家電泡在水裡。汽車與機車全部滅頂，就連最後搶救的機會也不肯施捨給鄉民。

四處流闖的狂流轉眼就形成一條新的滾滾河流，沿著堤防邊大片土地一路漫延。堤防邊幾戶位處地勢較高的屋子四周都是轟轟作響的奔流惡水，如同水中孤島；地勢較低的幾間蓮霧寮與豬舍已被大水沒收，通通不知去向。

大雨依舊沒有停息跡象，阿坤站在頂樓任由雨水潑灑。

洪流已經漲到一層樓高，眼看就要淹到二樓，謝致文開始擔心阿坤會被沖走，正要問問外婆是否有可能將他救過來，村裡的洪水就已經不再暴漲，只是保持一樓高的水位，洪伯旭判斷：大水已經漫溢過村外那一道長長的古老土堤，或者是找到某一缺口，直接殺進林邊鄉內了！

阿坤還是挺著他的大肚子，站在樓上任由大雨澆淋，他雙手空空，雙掌摀著肚子，想必是完全來不及搶救房間裡的衣服和那些寶貝油漆。幾隻狗濕搭搭地窩在他身旁，陪著他淋雨。

五點剛到，雨勢尚未完全歇止，黯沉陽光就已浸染著天空，蒼穹流透著片片詭譎色調。

天亮了，陽光不時突破低壓的雲層，雖然它以一種極不真實的燦爛閃耀著，天空總算是不再泛漫著讓人驚魂的雨水。

斷水斷電，大家在樓上窗口等候救援，一臉倉皇。廚房淹沒，三餐頓時成了大問題，大家只能找出長條形工具，撈取水中包裝完整的餅乾暫時充飢。

積水尚未全消退，樓下一片狼藉，水壺沒搶救上來，幾瓶礦泉水也不知漂流到何處，樓上只剩一罐小瓶礦泉水。那桶裝著米酒的玻璃罐沒有被沖走，卡在幾乎與窗口齊高的爛泥巴上，只露出兩隻形狀像豬耳朵的半圓握把。

溪水不再湧入，積水逐漸消退，但是擺在眼前景象反而更讓村民膽寒，因為屋外馬路上的爛泥巴幾乎有半個人高，整個村子只見被埋在汙泥裡的房子和站在樓上等候救援的村民，阿珠開始憂慮，那兩包餅乾絕對無法讓七個孫子撐到救援到來，更讓她惶惶不安的還是飲水問題，因為一罐小瓶礦泉水根本無濟於事啊！

「致文，你想辦法，看看能不能把那桶酒拉過來，伯旭，你找看看有沒有長棍子，把它勾過來。」她突然想到一個解決飲水的方法。

「阿嬤，您身體冷，想喝酒嗎？」林靖怡拿來一件外套，從背後披上外婆的肩上。

阿珠回頭抱抱她，在她的臉頰上親了一下：「不是阿嬤要喝，而是今天晚上可能必須要讓你們喝。」

「阿嬤，我們不敢喝酒！」七個孫子齊搖頭。

「嗯，先別說這個，大家找看看有沒有長棍子。」

洪伯旭從衣櫥中拿出一支鉛線衣架，他拆開衣架，將軟鉛線彎成一個勾勾，再將另一頭綑在三樓拿下來的竹竿。謝致文手長腳長，他一腳勾在一二樓之間樓梯欄杆，伸長竹竿，勾住玻璃桶的豬耳朵，藉著尚有一點浮力的汙水和表面光滑的汙泥，慢慢將那桶酒勾到樓梯旁。

阿珠最擔心的事果然應驗了，直到將近九號中午，都不見任何救援物資運送到村子。

「阿嬤，我要喝水。」最小的張繁燕開始扯著外婆的衣角，她一開口，林靖傑也喊口渴了。其他五個雖不敢說，臉上也寫滿口乾舌燥的表情。

「來，通通跟阿嬤到三樓。」阿珠將七個孫子帶到三樓神明桌前。

「來，通通跪在神位前。」她示意大家跪下，七個孫子雖不知外婆下一步想幹什麼，但也沒發問，乖乖跪下。

「這次水災實在是太嚴重了，我阿珠帶著七個子孫躲在樓上，孫子都沒水喝。所以想先跟祖先借兩個香爐，請祖先不要生氣。」阿珠跪在神桌前，雙掌合拜，喃喃說著。

「來，欣琪，妳拿下兩個比較大的香爐，記得要先拜一下，還要說謝謝和對不起。外面水桶裡不少雨水，洗乾淨。」

「阿嬤，雨水不能喝。」洪伯旭搖搖頭。

「阿嬤知道，雨水是用來洗香爐的。來，大家來摺金銀紙，跟阿嬤一起做。」

兩個洗乾淨的香爐倒滿米酒，阿珠將孫子摺好的金銀紙堆在金爐旁，打火機點燃，香爐很快吸收熱氣，米酒立刻沸滾。

等到香爐高熱消退，米酒也逐漸降溫，阿珠拿出敬神用的玻璃杯，小心翼翼地舀出已經完全沒有酒精成分的水，一口一口慢慢讓七個孫子解渴。

「阿嬤，您看，那個瘋子在喝水桶裡的雨水！」從三樓上看見站在二樓上的阿坤正將頭往裝滿雨水的大桶子裡栽，謝致文忘了林漢中的交代，一小心就喊了出來。

「不可以叫他瘋子，叫叔公。」阿珠心中頓時揪成一團，她為自己從未叮嚀孫子稱呼阿坤為叔公而深深自責，趕緊出言糾正，喉頭一緊，眼淚幾乎就掉下來：「你們跟他說，叔公，肚子餓嗎？大聲一點！」

「叔公，肚子餓嗎？」張繁燕個子最小，卻喊得最大聲。

阿坤突然從小水桶中抓出幾個長方形的包包，一直猛力朝著阿珠的三樓丟過來，大夥一陣驚呼，紛紛離開女兒牆。

「是餅乾耶！」

「謝謝叔公！」剛剛誤以為被攻擊的七個小孩立即又回到牆邊大聲呼喊。

「阿坤，謝謝啊！」阿珠如釋重擔，笑容滿面朝阿坤揮手。

難得跟別人說話的阿坤，此時卻伸出雙臂，滿臉憨笑，朝著阿珠這邊大聲喊著：「抱抱，抱抱。」

「哈哈哈！」阿珠跟七個孫子靠在女兒牆上笑開懷。

「阿嬤，您看！叔公的房子另一邊不見了！」看見阿坤的屋子被削掉一面牆，洪夢憶驚呼一聲。

「是漂流木撞壞的！」洪伯旭指著村內不計其數的漂流木，遍地幾乎有半個人高的厚厚汙泥中露出大小樹幹，幾道只露出一小部分的矮牆，一看就知道有一大段已被大型樹枝撞垮，村外土堤上更是擱著數不清的巨型木材，有些粗碩如電線桿，更有一枝數人才能環抱的大樹橫躺在斜坡上。

「別怕！只是撞壞一道牆，不會垮下去，叔公還很安全。」阿珠朝著阿坤揮手：「阿坤，別怕，房子還很安全！」

「抱抱！抱抱！」阿坤又伸出雙手，大家又是一陣大笑。

「喂！狗狗在我這裡！」另一道歡呼聲從另一間房子傳來，大家紛紛探望來處，只見陳曉玲一身泥巴，站在她家樓頂，雙掌各抓著一隻小狗狗柔軟的背部，兩手高舉，滿臉笑容向大家炫耀。

陳曉玲的爸爸和也站在樓頂，猛揮手朝著四周村民高聲呼喊，焦急詢問大家是否都平安逃上來，而她的泰國媽媽像是在課堂點名的老師，曲著手指，一一數著阿珠身旁的孫子。

阿諒老村長跨坐在一根漂流木上，撐著一支竹竿，在汙濁積水中艱困地前進，大街小巷呼喚著他的村民，急切想知道眾人是否平安。

「好險！好險！總算大家都平安！阿彌陀佛！」老村長渾身汙泥，就連那幾根白髮也都沾滿泥巴，一夜驚悸未眠，滿臉憔悴。

十九

十號中午，積水已經全退，汙泥也逐漸降低高度，地勢較高處已能勉強行走。

十號清晨時，硬被村民押送到新埤鄉醫院休息的老村長，打了一針，中午趁護士用餐時沒注意，偷偷溜回來了。阿諒臉色乾枯，雙腳在淹沒膝蓋的泥水中艱困推進，挨家挨戶探詢村民是否已經拿到充飢的食物。

「這一家人，幾個孫子嚇壞了。」阿諒拜託大家幫他注意一下阿珠，有狀況立刻聯絡他趕過來。

政府尚未介入，穿著長筒雨鞋的志工隊伍就已經開始在爛泥中艱困地緩緩移動，口罩與帽子遮住每個人的大半臉孔，只露出亟欲投入救災助人的急切眼神。

「外國人！」林靖怡先在樓上認出幾個外形不大一樣的志工，開始大叫。

「巴西！」一位高挑健美的小姐高舉她的手，用生澀語調的中文和陽光般的笑容高聲回應。

「日本！」

「新加坡！」

「澳洲！」

「紐西蘭！」

「美國！」

不斷有志工以生硬的華語報出自己的國籍。

「她是韓國人，那個是從印尼來的，還有，他是馬來西亞人——」帶頭的志工顯然是台灣人，操著熟練的中文，回頭一一介紹他們這一隊宛如聯合國的成員。

「Thank You！」阿珠一手抓著畚箕，另一手高舉揮舞，站在樓下門口大聲向那群外國志工致謝。

「哇，阿嬤會說英語咧！」這一群從都市回來的小孩樂得像玩瘋了一樣，擠在二樓窗口大鬧，那些外國人雖然不知道這一家人在笑鬧什麼，但也隨著樂開懷，紛紛揮手致意。

嫁進官埔村的四個國家的姑娘也輕易就在這群宛如聯合國的成員中紛紛認出來自祖國的志工，她們的亢奮與激動，更是讓村內激揚出另一波的溫馨與熱絡。

濁水慢慢變成黏稠狀的泥巴，成了膏狀的泥漿，表層乾涸，看似硬梆梆的平坦泥土面，一腳踩上去，卻有如身不見底的恐怖流沙，可以將雨鞋硬生生抓在原地，讓人杵在汙泥中掙扎，難以動彈。

大水沖走林邊溪畔的所有養豬場與養雞場，平常讓人掩鼻而過的恐怖穢物夾雜在泥沙中，幾乎全部倒入村內每一寸土地。惡水肆虐過後的土地處處汙水流淌，本來就已經讓空氣中瀰漫著駭人異味，此時因為水勢日漸消褪，陽光露臉，氣溫陡升，積沉的爛泥讓人聞之欲嘔，更讓人痛苦的是汙泥中摻雜著各形各狀、五顏六色的惡臭異物。

每當大小救難車子經過，路中的膏狀泥巴被緩緩移動的車輪推擠著，引發出兩道綿綿不絕的震波，源源湧進路旁房子裡，家家戶戶的樓下客廳或是店面裡到處蠕動著搖搖晃晃的穢物，就算是穿著雨鞋，嘴上戴著數層口罩，也照樣會讓人渾身疙瘩。

整個林邊鄉變成積藏萬年惡臭的恐怖垃圾場，宛如一座剛剛被惡水惡火肆虐過的地獄魔宮，三千多輛大小汽車一夜之間全部報廢，六千多輛機車無一倖免。

清理過程，塵土飛揚，大家一身汙穢，蓬頭散髮，面容憔悴。但是他們似乎已經無暇替損毀的財物傷心，眼前那些難以清除、難以重拾整潔面貌的家園硬生生擺在眼前，這才是往後幾天最殘酷的試煉啊。

街上已無小孩蹤影，想必都已被大人趕上二樓避難，耐不住寂寞的小孩紛紛趴在樓上窗沿，看著滿目瘡痍的街道，惶恐已消失，換上好奇的眼神，不斷打量著在汙泥中前進的一列列救難車隊和一排排的整裝軍隊。

二十

林邊溪床的砂石讓人觸目心驚，登上高聳陡峭的堤防，想不到河床這邊的堤防已成緩坡，砂石跟漂流木幾乎已經將溪面填滿，比人高的綿密蘆葦和一整個溪床的雜草野花通通不見蹤影，從堤上踩著細沙，就能直接走到河流中間，橫衝直撞的惡水肆虐過後，被砂石盤據的寬闊河道竟然只剩一綹細長水潭，被夕陽暈染成一片片亮艷的金箔。

大武丁村那邊宛如壯盛軍隊的檳榔樹集體陣亡，不知去向；死守陣地的蓮霧樹一樣是全軍覆沒，完全被砂石埋葬，不見蹤影。

寬有六百米的溪床被砂石跟漂流木盤據，鄉內大小排水溝也全部被泥沙癱瘓。蓮霧園積存的泥沙都已經快要掩蓋住樹上的綠葉，原本將近一層樓高的果樹，此時站上樹旁泥沙，枝葉竟然就在腳下迎風飄搖。

「林邊的特產黑珍珠蓮霧，今年可能吃不到了。」幾天來，四處奔波的老村長是大家得知其他村落重要訊息的管道，他嘆息，他惋惜，其實，大家心裡也早就有數，雖被困在村內，也知道村外的蓮霧園應該是已經全部被汙泥埋葬。

「海邊的崎峰和水利兩村的養殖戶全部破產了！」

養殖場全軍覆沒，數千公頃、數十億的產業一夜之間盡數沒入滾滾洪流之中，化為泡影。

「林邊大鐵橋垮了，鐵路斷了！」

轟隆轟隆的火車聲音無法從海面那一端乘著風兒由遠而近飄送過來，迴旋縈繞於村內大小街巷中的聲響已被救難車隊和工程重機的嘈雜噪音所取代。

「林邊火車站全部被汙泥掩埋了！」

一條條災難消息不斷湧入村內，人心惶惶，但是人性溫馨一面也在此綻開最燦爛、最感人的一面。

積水一寸寸消褪，成千上萬的志工源源湧入，以前僅在媒體看過的慈善單位與宗教團體一下子幾乎全部出現在被惡臭汙泥盤據的大街小巷。

所有的團體都以最快的效率趕到現場。地勢較高處先行清理乾淨，各團體陸續在此搭起帳棚和工作站，救濟物資不斷湧進，食物藥品不虞缺乏，就連簡單的全身衣物也有人特地逐門逐戶分發。

所以，阿坤這幾天不再穿著簡陋衣物，反而天天都是新衣新褲。

「這裡需要幾個便當？」

「要不要吃一些餅乾？」

「你們需要飲用水嗎？」

「有沒有人需要醫療照顧？」

大街小巷裡，志工穿梭不息，盡是關懷，滿溢溫馨。

「需不需要我們幫忙？」一隊隊志工走在汙泥中，腳穿雨鞋，手抓清潔工具，水桶、拖把、抹布、刷子，樣樣齊全，逐戶探詢是否需要他們助一臂之力，每個家庭已經不愁沒有足夠的人手清理家園，災民幾天來內心的陰霾逐漸消褪，紛紛露出久違的陽光笑容。

阿珠的推車被掩埋在汙泥中，最後還是靠幾個塊頭高大的男志工硬挖出來，車身無損，阿珠堅持要自己清理，就連幾個村民想幫忙，也都被她趕回去，志工們只好群聚在那個大灶邊擦擦洗洗。

穿著制服的阿兵哥目標最為醒目，紅衣綠褲的陸戰隊開著重機載走一座座有如小山的垃圾堆，帶著鋼盔的工兵鑿開下水道，開來轟轟作響的大車子抽出汙泥。

更為顯目的是一身包著白色寬衣的化學兵，他們開著車子沿街消毒，遠遠就看見漫天厚重的白霧，大家趕緊掩鼻走避，想不到白霧卻能迅速消融在空氣中，車子經過，並無嗆鼻異味，眾人又展露著笑容，想到惡劣環境中最可怕，而且無法用肉眼辨識，難以抵擋入侵的細菌俱被消滅，幾天來煩亂的內心開始轉化成平安的撫慰。

水電接著恢復，外面環境依舊髒亂，幾個孫子不能外出，爸媽的車子也無法進到村子來，大夥就窩在二樓看那一台被外婆搶救上來的電視。

「屏東為八八水災受創最嚴重的地區之一，由於林邊溪堤防潰堤，導致林邊、佳冬兩鄉遭大水淹沒，佳冬鄉為重災區之一，淹水最深達兩層樓高。崁頂、東港、新園、南州、新埤亦有多處地區淹水、高樹鄉荖濃溪側舊寮堤防被大水沖毀一百多公尺，造成舊寮、新豐等村嚴重積水。山區部分，霧台鄉則因對外道路台24線伊拉橋被沖斷，全鄉交通中斷。」

「根據水利署統計，這次颱風最大時雨量紀錄落在屏東縣萬巒鄉，每小時一百三十五毫米。兩天累積雨量最高在三地門鄉，共二千五百多毫米，不但高居全國第一，也造成沿海及低窪鄉鎮淹水。」

「台鐵屏東線受災最嚴重，據估計，修復時間約六個月。另外，林邊火車站的鐵軌全部被淤泥覆蓋，月台之間的地下道亦遭水淹沒。」

二十一

環境惡劣，慈善團體送來充飢的便當菜色當然難有變化。

「我想吃阿嬤煎的菜脯蛋！」

「我要吃麥當勞！」

「可以叫披薩來吃嗎？」

幾個孫子連續吃了幾天克難式的便當，逐漸鬧起情緒，開始起鬨了。

「難吃！」志工送來的免費便當，林靖傑只吃了幾口，就賭氣地將便當往地上砸，張繁燕有樣學樣，使盡全身力氣，將便當往牆上砸。

「吃屎啦！」謝欣琪火大了，朝著兩人大吼，「淹大水，大家都是這樣吃，你們就比較好命嗎？撿起來！」

「哇！」聽大表姊這一喝斥，張繁燕搶先哭了出來。

「乖，不要罵人。」阿珠憐惜地摸摸兩人的頭，撿起地上的便當盒，將乾淨的米飯和蔬菜重新放回去，坐在翻過來的水桶上，一口又一口慢慢餵著已擦掉眼淚的孫子。

「謝謝阿兵哥！」七個小孩總算從樓上回到路旁，大家和村裡的其他小孩排成一列，齊聲高喊，還有模有樣地向路過的隊伍敬禮。帶隊的軍官笑逐顏開，也帶領著士兵們來個標準的舉手回禮。

「Bye-Bye！」阿珠又冒出一句英語，小孩子們齊聲哄鬧，一長列渾身汙泥的軍人，疲憊不堪的臉上也立刻掛滿了陽光般的燦爛歡顏。

阿坤擺在土堤上的藤椅不知去向，有人開玩笑說了：「可能是隨著大水速速漂去，送給海龍王當寶座了。」老村長的老藤椅則是漂到村外，卡在蓮霧樹上，村人幫他扛了回來，洗乾淨，曬在庭院的藤椅看來就像是歷劫歸來的傷兵，變了樣，一坐上去，馬上就爆出更悽慘的呻吟聲浪。

「阿諒伯仔，您先暫時找另外一張椅子休息，過幾天，等我洗完，我再到鄉內問看看有沒有藤片，我會幫您修理好，就像新的一樣，好不好？」阮氏自己一身汙泥，一頭大汗，一屋子洗不完的雜七雜八物品還在等著她，她卻撥空跑來跟老村長家關心起那張破椅子。

阿諒和顏悅色又微帶嗔責：「去去去，妳家裡一大堆東西都還沒洗完，還來關心我有沒有椅子可以坐，碰上這種大災難，大家還都不是隨便坐，隨地窩著，我就比較好命嗎？」

「阿坤叔仔，等我洗完家裡的東西，我再四處找找，看能不能拖回另一張藤椅，再幫您修理好，這幾天您就暫時坐在廟前的石頭椅子上，好不好？」被阿諒趕回家的阮氏又繞到阿坤的家。

從來沒有在大家面前呈現大起大落情緒的阿坤，此時卻流露著激動神情，一字一句緩緩從唇邊流晃而出，生硬回應著：「謝謝妳啊，沒關係，廟前大樹下的石頭椅子我都已經洗乾淨了，我坐那邊休息，妳去忙吧，乖。」

水溝清理完畢，堆積如山的垃圾載走了，除了道路依舊柔腸寸斷，官埔村又重拾原來面貌，村內每一角落被惡水蹂躪過的條條傷痕雖然依舊怵目驚心，但是，村民的笑顏總算是回來了。

「不可以進入蓮霧園，聽到嗎？」老村長一看到小孩子就馬上再三交代，「大家不要看水已經退了，就想跳上去，那些泥砂底下的水還在流動，一踩上去就很難走出來，危險啦！」

整個林邊鄉地表上已不見積水，但是豐沛的地下伏流卻被這一次驚人的雨量推擠上地面，有如噴泉，隨地一挖，隨手一撥，隨腳一踢，濕潤土質中處處都是恣意湧動的豐盛水流。更令人動容的就是那幾口沒有被掩埋破壞的水井，它們孤零零撐著一支暴露在泥沙外頭的塑膠管，日夜興致沖沖，嘩嘩大嚷，兀自噴湧著沁涼泉水。

群山上的億萬枯枝，風化後的百萬年泥沙，隨興闖進人類的住所，一向聲稱人定勝天的人類還在焦頭爛額清理家園，遠從三千公尺高山一路奔湧而來的流水，不管是河流或是伏流，卻逕自在這塊土地上共譜著愉悅脈動！

水舞上場，水聲奔忙，交相迴盪在喧喧嚷嚷的倉皇人群中。

二十二

日本時代的土堤，歷經百年歲月風華，村人進進出出數十年，大小車輛來來去去，竟然在這次百年難得一見的大水災中毫髮無損，而那道高高的近代硬挺堤防卻被沖走數百公尺，老村長站上村外那座長長的土堤，目睹附近蓮霧園面目全非，走過來又走過去，不勝唏噓。

阿珠又重新踏上街頭，挨家挨戶探問大家是否已經回復正生活。老村長的臉色恢復紅潤，但他並不像阿珠那樣到處踏門踏戶，只是搬出那張唉唉慘叫的老藤椅，坐在路邊跟來來往往的村民打招呼。

附近周邊道路搶通之後，一部接一部車子從國道3號溜下來，湧進林邊。

進入大鵬灣國家風景區之前，高速公路終點之下，水潭星羅棋布的鎮安沼澤一樣是慘遭蹂躪，雖然沒有大批人力與重機械介入重建，卻只是稍稍皺個眉頭，在短短幾天之內就已經自行重拾歡顏，一泓泓水塘再度碧綠如洗，像是一顆顆鑲嵌在巨人國度綠野中的翡翠碧玉。

遠方的中央山脈，在屏東縣與台東縣交接之處的群山峻嶺，巍峨大武山聳立半天邊，層層山巒，疊疊映染，展露著婀娜多姿的身影，迎接一部接一部車隊進入這片迷人的水鄉澤國。

一向很少回到故里的人也陸續出現在官埔村。

阿珠的四個女兒和女婿一樣是回來齊聚一堂，大夥除了幫忙整理凌亂家園，還不忘家家戶戶串門子，看看童年玩伴是否也回來了？

官埔村不再流闖著慌亂的驚悸言語，流晃在街頭的反而是多年不見的驚喜招呼。

官埔村又恢復歡騰，村民重展歡顏，在台語盡情迴盪的同時，另外幾國陌生語言也從戶戶門窗之後流轉到村內街頭巷尾，因為那些外籍配偶正以手機跟遙遠故鄉的爸媽報平安。

救災雖是千頭萬緒，但是日日有所進展，大小救災車輛不再擠滿林邊，道路管制當然是日趨寬鬆，原先規定，戶籍不在此的人與車不得擠進來，以免妨礙救災工作，現在則是張開雙臂，歡迎大家一起過來關心災民的現況。

而那些就連有如斷線風箏，長年未曾回鄉的遠方遊子也陸續湧現了，他們關心此次家鄉的災情，雖然已經在外地成家立業，但還是紛紛開車回來探望。

阿珠異常興奮，亢奮難已，她穿著長筒雨鞋，挨家挨戶探問誰的孩子回到家來。小村子裡經常可以聽到她和村民交談時猛然爆出的大笑聲。

「你啊，還有，那個，妳啊，幾年沒回來了？」阿珠一個一個問，雖然叫不出每個人的名字，但她還是能一一指出他們父母親的舊房屋。

「哈哈，當時掉進糞坑裡的就是妳呀。」阿珠突然認出另一個三十多歲的小姐，她手舞足蹈，還雙臂狂擺，模仿著快步往前衝的態勢：「妳還記不記得是誰衝回家拿香皂幫妳洗的？」

「當然記得！」她衝上前，捧起阿珠的臉頰，在眾人的歡呼聲中狠狠地親了一下，還刻意拉開胸前衣領：「阿珠嬸，您聞聞看，我現在是不是很香？」

眾人一陣爆笑，阿珠刻意在鼻前搧風，做出嘔吐狀：「香水不要錢嗎？」

現場又是猛爆出一陣戲謔笑聲。

「阿珠嬸，您知道嗎，這次趕回來，我特地在百貨公司的專櫃買一盒很貴、很貴的香皂，準備送給您，大水淹成這樣子，到處臭得要死，來，這一盒讓您天天香噴噴，跟我一樣。」

「不簡單喔，身體還這麼好！怪不得我小時候總是懷疑您怎能自己一個人能把那部四輪車推上村外那個斜坡，呵呵，當時我騎腳踏車外出，都還覺得很吃力耶。」一位約莫三十歲的男子牽起阿珠的手掌，用指端捏捏阿珠的肩膀：「呵，肌肉還那麼結實，這次從大武山沖下來那麼多的大水柴，阿珠嬸，明天我們一道去拖回幾枝大柴，好不好？」

「妳，是不是——」阿珠縱聲大笑，還未頂嘴回去，就從人群中認出當年到高雄學理髮的女孩，還在猶疑是不是可以在眾人面前說出那段往事，孩子已經跟伯旭一樣大的那個年輕媽媽就大步衝向她。

「唉呀，阿珠嬸不要說出來啦，不可以講！不可以講！哈哈，羞死人了！」她從背後摟住這個村裡的長輩，在她寫滿風霜的愉悅臉蛋上連續親了好幾下。

大武山群峰矗立在東方天際，被大雨洗淨過後的湛藍山體浮現處處爪痕，那幾片蒼鬱森林應該已全軍覆沒，付諸滾滾流水，化為泛泛漂流木，可是啊，山巒身影卻依舊令人著迷，引人遐思，的確啊，一串又一串難以勝數的白色細流懸掛在山腰間，距離雖遙遠，卻依然能讓人清楚感受到山光水色輕盈擺動的美妙韻律。

「別小看那幾條一絲絲的小水流，到山上看，那些都是大瀑布啊，還有，那些爪痕，雖然在這邊看來只是一條小繩索，到山上看，那都是大山崩呀。」從外地趕回來的村民相邀來到被大水沖破的堤防邊，大家站在溪邊，眺望著林邊溪源頭。

「這些年來，上游的溪底已經很少人種西瓜了，太辛苦，也太危險，看天吃飯，一次颱風就通通送給海龍王了，但是避開河道也沒用，聽說中上游的來義和新埤那邊種在溪水流域附近的木瓜跟芒果園這次也受損嚴重，有些農民甚至在一天之內就損失好幾百萬，唉，好幾年來在溪埔地慢慢賺來的辛苦錢，就這樣一夕付諸流水，欲哭無淚啊。」

「林邊的蓮霧聽說要沉寂一兩年才能回復盛產，真是糟糕啊，村裡那幾戶娶外籍配偶的農民，這下子看來又得多等幾年才能騰出閒錢讓太太回家一趟了。」

一大群很少回到故里的遊子就在破損堤防附近聊了起來，男男女女，來回穿梭，相互交換名片。有人走下堤防，在殘破溪底走過來又走過去，目睹數代親友在此安身的樂命的美麗故土一夕就被一陣大雨摧毀，回憶小時候在這片碧綠原野進進出出的情景，不勝唏噓。

地層還未下陷之前，這條溪床四處都是一畦畦綠油油的番薯田、綠豆田、玉米田。放眼望去，高矮翠綠樹木配上連綿不絕的豐腴農地，交織成綠意盎然的田野景致，此時，卻只剩破碎漂流木與凌亂砂石處處盤據。

那些盤錯如威武大軍的巨碩竹叢，那一片片沉穩如智慧長者，群群矗立，落腳在溫潤腐質土上的香蕉園，靦腆靜謐，卻又充滿歡欣生命力的番茄園，還有，脆弱如紙片，卻翠綠得幾乎就要泛出水珠來的綠豆田，它們於今何在？

殘破鄉野，面目全非，萬能人類，長吁短嘆。

二十三

阿珠的幾個孫子來回穿梭在村民中，這群都市來的小孩比那些長輩更為興奮，因為大家終於從眾人的喧嘩笑鬧聲中陸續釐清阿嬤前幾天跟他們所說故事的原貌。

「哎呀，阿嬤亂講啦，掉進糞坑的不是我媽媽啦！」謝致文跟謝欣琪首先笑顏逐開，猛力拍打著枕頭大笑不已。

「是啊，我也覺得怪怪的，我媽媽一個女孩子，怎麼會在火車站的寄車棚偷那麼多的鑰匙？阿嬤老糊塗了，不但把別人家的孩子當成自己的人，還竟然把男女都搞混了，哈哈！」林靖怡笑得更大聲，興奮地緊緊摟住林靖傑。

「是啊，媽媽當時正在讀高中吧，怎麼會在都市跟人家的丈夫私奔呢？」洪伯旭、洪夢憶兩兄妹交換一個靈犀一通的眼神，噗哧笑著。

「而且啊，聽爸爸說，媽媽讀高中時就有一大群男同學在追她，爸爸可是辛辛苦苦跟了好幾年，從高中跟到大學，媽媽才答應跟他去看一場電影，她哪有可能會搶人家的老公？」洪夢憶說到這裡，臉上掛滿陶醉神情，頭一搖一晃，兩根辮子也隨之飄蕩。

「哈哈哈！阿嬤亂講，老番顛啦！」五個比較懂事的孩子縱聲狂笑，兩個小不點不知大家在高興什麼，但也是陪著笑開懷，張繁燕和林靖傑還站到椅子上，仰首朝著天花板上嗡嗡作響的電扇張嘴大笑，人雖小，但是笑聲在風扇的撩撥之下，竟然壓倒眾人！

「吳郭魚的事就是真的，因為媽媽老是喜歡買吳郭魚回來，我跟爸爸吃到怕！」林靖怡刻意扮個痛苦表情，臉上卻是掩不住的歡欣神色。

「是啊，媽媽跟同事到外面吃飯，如果有一盤九層塔炒蝸牛，她一定夾個不停，一直吃，一直吃，吃到盤子朝天，還要把盤底的醬汁攪拌在飯裡，嘶！嘶！嘶！」謝致文學起媽媽埋頭猛扒白飯的樣子，誇張的動作惹來眾人一陣大笑。

阿珠四個女婿和女兒來回穿梭在村民中，雖然村內的熱絡氛圍讓人戀戀不捨，但大家還是得早一步離開，因為都市中還有更重要的的工作。

「想要今天一道回家，或是還要在外婆這邊多住幾天？」謝致文的爸爸話還未說完，幾個大孩子就已經齊聲高喊：「慢一點啦！我們還有一件事沒有完成啦！」

「喔，還要幫外婆清理家園嗎？」

「不是，大伯公村長昨天跟阿嬤說這幾天要領錢——」不知是誰先冒出這一句，其他人立刻噓聲制止。

「什麼？原來你們要待在這邊跟阿嬤要零用錢，可是那是政府要給災民買家具和電器用品的錢啊，不要跟阿嬤拿太多喔。」

「不是啦！不是啦！」大家齊搖頭，大聲嚷嚷，卻是默契十足，不肯說出原因。

「好啦，再多待幾天，反正官埔村都清理乾淨了，幫阿嬤整理東西，不要亂跑喔。阿諒伯公交代的話要聽仔細，而且要注意禮貌，知道嗎？我們還有工作，改天再回來載你們。」

陳曉玲帶領兩隻小狗狗，大叫大嚷衝了進來，林漢中則帶著村內幾位小孩尾隨而入，跟在場長輩打過招呼後，他又拉著陳曉玲，旋即轉身走了出去，一大群小孩臉上掛著神祕笑容，跨著雀躍腳步。陳曉玲走出去前還朝著現場幾位長輩綻開一個嘴角幾乎要拉到兩耳的特大號笑臉，嘿嘿笑著，拇指、食指緊扣，跟謝致文幾位兄妹比出一個OK的手勢。

「耶！」五位表兄妹齊聲歡呼，兩位小弟妹不知大家在高興什麼，以為大家達成共識，準備在這邊多玩幾天，也跟著起鬨，又叫又跳。

高高椰子樹，大大葉子在空中搖曳，在風中沙沙輕吟，壯碩蓮霧樹身軀卻已被掩埋在汙泥中，原本比一人還高的樹冠被雜草糾纏，樹梢掛滿枯木，一身落魄，在風中垂首喪氣，無力顫抖著，彷彿遭受無盡的委屈，直到成群的山麻雀回來陪著它們，枝葉上滿布愉悅歌唱的小精靈，這才讓蓮霧樹又重新抖擻振奮，迎風動搖。

二十四

村內都已清洗乾淨，阿坤又帶著狗狗開始四處遊走了，但是塑膠桶子內沒有油漆和刷子畫筆，因為林邊鄉內的道路尚未清理完畢，到處還是泥濘難行，他無法走進鄉內添補設備，只好悻悻然待在家中，成天喃喃自語，有時見他爬上二樓，眼睛眺望的不是南邊的林邊溪就是北邊村外的長長土堤。

老村長要他去清理廟裡的汙泥，他二話不說，提著自己的塑膠水桶到了廟裡，一洗就是一整日，一忙就好幾天，口中依舊喃喃自語，說著沒有人聽得懂的話。

一部體面的新車停在阿坤傾圮的屋子旁，走出一位穿著入時的年輕人，約莫三十幾歲，他帶著一位可能是還未上小學的幼童駐足於屋前，凝視良久。村人走過去問他想找誰，他搖搖頭，不發一語，臉上盡是憂色。

「這不就是阿坤的孩子嗎？孫子也出現了？」阿珠從她的廚房就瞧見這位年輕人，沒錯，就是他！阿珠大步衝出，阿坤屋前已經聚攏了一群人。

嘈嚷的喧囂聲中，他不開口，沒有承認，但也沒否認他就是阿坤的兒子，只是兩眼帶著一種緊張期盼之色，一直探向已經清理乾淨的屋內。

老村長一言不發，側身讓他們進入，並且將食指擺在唇前，示意站在屋外的村民不要再發問。

屋子裡已經清理乾淨，不見一點汙泥，在志工和村民的幫忙之下，此時這間傾圮的破屋反而比水災前更乾淨了。

年輕人帶著他的兒子左瞧瞧，右摸摸，但還是不發一語。年輕人感覺得到身後的人正彼此偷偷地交換著眼光，一陣尷尬的緘默瀰漫在現場，阿珠也在一旁靜候情勢後續發展，不敢貿然出言相問。

「他在廟裡幫忙清理，你知不知道村裡的廟怎麼走？」老村長趨前輕聲問著，似乎在迴避屋外村民的耳朵。

「我知道，謝謝。」年輕人總算開口說話了，朝老村長點頭致謝，臉上露出寬慰笑容，神色羞澀，跟圍聚在屋外的村民微微點頭致意。

車子緩緩駛向廟前小路，村長轉身朝著蜂擁而來的村民攤開雙手，微微笑著，沒說一句話，但是大家都知道老人家想說的話就是：別跟過去。

約莫一個鐘頭的時間，又見那部車子從彎曲的道路中緩緩駛出，小孩子在後座伸出手來，露出笑容跟村內幾位小朋友揮手道別。離去前，年輕人伸出手來，滿臉靦腆，卻帶著如釋重擔況味的笑顏，輕聲含蓄跟村民說：「謝謝大家！」

眾人也揮揮手跟他道別，幾位上了年紀的人還不忘提醒：「有空記得常回來玩啊，不一定說是要碰上水災才想到要回來看看喔。」

阿珠沒加入道別行列，她突然拔足狂奔，在大家的驚訝呼聲中尾隨著車子奔向村外土堤。

「哇，果真是寶刀未老！」幾位年輕人紛紛驚嘆高呼。

果真是被她料到！一位面容似曾相識的婦人站在村外牌樓旁，車子停下來，她仰首，瞄到站在土堤上的阿珠，立即雙拳交握腹前，彎腰深深一鞠躬，阿珠朝她抬手致意，老婦人輕擺手掌，再次彎腰一鞠躬之後才打開後座車門，坐了進去。

村民一個接一個跟了過來，阿珠擋在土堤上，轉身，側跨出一個大馬步，雙臂全張，全身成了一個大字形，朝大家擺出止步的態勢，車子緩緩滑入大馬路，旋即消失在視線中，阿珠這才露出寬慰的笑容走回家裡，不管村民如何問她，她都是嘿嘿神祕一笑，不肯透露任何一句話。

阿坤提著他的塑膠水桶從路的盡頭出現，林靖怡率先衝向前迎接他，阿坤滿臉慈藹神色，他先朝靖怡招招手，再從上衣口袋中拿出一個信封，抓出一張千元鈔票：「來，這一千塊給妳買彩色筆。」

林靖怡雙手趕緊擺在後面，猛搖著頭，不敢收下那張鈔票。

「收下來，林邊的文具行現在沒有彩色筆了，通通被沖走了，你帶回都市再買，乖。」阿坤硬是將鈔票塞進林靖怡的口袋，邁開村人多年來從未曾見過的大大腳步，就在村人齊聲歡呼中走回家中。

二十五

「買菜——買魚——買豬肉——買醬油——買蒜頭——買水果——」清晨時，一部小貨車緩緩駛進村裡，停在阿坤家前面的空地上，掛在車頂的擴聲器含蓄地呼喚著村民。

阿珠趕緊衝了出去，小貨車一旁已經聚集幾個村民，大人忙得很，一大群小孩也來湊熱鬧，穿插其中，一車蔬菜水果與雜貨轉眼就被掃蕩一空。

翩翩鳥群又回到村子來了，輕盈隊伍拂過車旁，立刻拉向雲端，啁啾鳥鳴沒有變調，依舊迷人悅耳。

洪夢憶高興得很，手舞足蹈：「這些飛鳥都是水災前來拜訪過我們的那些小天使，還有幾隻幼鳥，那就是牠們最近才生下來的小孩，真的，相信我，我一聽牠們朝著我唱歌的聲音就知道，這群是一整個大家族啊，阿公阿嬤，爸爸媽媽，叔叔伯伯，阿姨阿姑，哥哥弟弟，姊姊妹妹，耶！通通有，耶！通通飛在一起。」

群群小孩的情緒立即滾滾沸騰，大家離開賣菜的小貨車，追隨著一波又一波翩飛舞的群鳥四處飛馳。歡樂雀躍的隊伍，歡呼響徹雲霄，村內的狹小道路此時宛如有千軍萬馬來回奔動，村外蓮霧園枝葉翻翻輕搖，大夥朝著忽而飄向蒼芎，時而輕巧俯衝的滾滾飛鳥不斷振臂高呼，歡笑聲浪隨之泛漫在官埔村天空的每一個角落。

「來！來！今晚叫義工不必再送便當近來我們村子裡！大家通通到村外堤防上吃飯！」傍晚不到，阿珠的嗓門就響徹官埔村的每一條街道。

退休多年的紅磚大灶重新開伙，灶旁堆著村裡大群孩子撿回來的細枝漂流木，大家在阿嬤陳素珠的指揮之下，一支接一支，送進燃燒著熊熊烈火的爐灶裡。

謝欣琪接下外婆的指令，全權負責外婆今晚開出來的菜單，雖然有多位小朋友在場當助手，她還是忙得額頭汗水如泉湧，她炒了一大盤又一大盤的蔬菜，煎好一片又一片的菜脯蛋，一大鍋鹹菜煮雞肉，滷好的吳郭魚和煎過的豬肉散發出醬油甘甜的香氣，隨風傳送到村子裡的每一個窗口。

汗水不停，謝欣琪綁上頭巾，手中大小湯匙不斷這盤撥一撥，那盤動一動，這一餐雖然只是村裡老幼三代不拘小節的聚餐，但是謝欣琪還是慎重其事，她簡直是以辦桌總鋪師的架勢主導所有流程。

阿珠將那台四輪車從屋後推出來了，林漢中帶領所有大小男孩子推著車子往土堤上移動，十來個小勇士群聚在車旁，張繁燕和林靖傑也想幫忙，但是個子太小，被幾位推車的大哥哥夾在中間反而礙手礙腳，王明仁將兩人抱上車子，一左一右坐在車子上，大夥推車上斜坡，本來就吃力，現在又必須負擔兩人的重量，哈，真的是越幫越忙了。

村裡幾個小女孩在洪夢憶的帶領下，今晚充當服務生，她們端著圓圓的大盤子，從阿珠家紅磚大灶旁接過謝欣琪煮好的料理，興高采烈地往土堤出發。

陳曉鈴沒有跟大家在大灶旁幫忙，她從媽媽手中接過來自家的拿手菜，由她家廚房端著一個特大號的四角托盤走到土堤上的推車旁，上面擺著一盤檸檬蒸魚，幾片月亮蝦餅，一大碗青木瓜沙拉。

王明仁沒有隨著大家在大灶旁當謝欣琪的助手，他從媽媽手中接過來自家的拿手菜，由他家廚房端著一個特大號的四角托盤走到土堤上的推車旁，上面擺著一大碗河粉，幾條米紙春捲。

林漢中沒有跟著大家在大灶旁團團轉，他從媽媽手中接過來自家的拿手菜，由他家廚房端著一個特大號的四角托盤走到土堤上的推車旁，上面擺著一塊甜米糕，一碗酸湯，一個鳳梨，裡頭塞滿米飯。

鄭永昌沒有跟著大家在大灶旁忙進忙出，他從媽媽手中接過來自家的拿手菜，由他家廚房端著一個特大號的四角托盤，上面擺著一大碗黃薑飯，一大盤鳳梨咖哩飯。

「吃飯了！」阿珠家家戶戶叫人，這邊敲敲門，那邊拍拍窗戶。

阿珠的四輪推車擺在土堤上，老茄冬樹下。老村長的藤椅已經被阮氏拖回家，幾番巧手之後變得煥然一新，王明仁負責扛了上來，孩子們從家裡搬來好幾十張各式各樣的椅子，形狀各異，沒有被洪水沖走的高低不齊的桌子也都在村外堤防上集合。哈哈，不清楚狀況的過路人一定會以為村人將個人家中泡過水的桌椅通通搬到土堤上，打算吹吹風，透透氣。

「吃飯了！」家家戶戶叫人由阿珠負責。

「開動了！」動手，卻是恭請老村長喊口令。

今天的晚餐不是義工送進來的愛心便當，也不是多日年隨便咬幾口用來充飢補充體力的各式點心，大家從自家廚房帶來自己的碗筷，群聚在土堤上，準備大快朵頤。

當然，大家也都是衷心期盼，回顧當年聚集車旁的溫馨情景，重溫一下當年整個村子老老少少聚集在推車旁那股濃得化不開的人情味，然後再添一味，品嚐各家已經悄悄融入台灣風味的南國料理，這也是大家今晚最令人期待的重頭戲。

「阿珠嬸，以後誰娶到您這個外孫女，那才是福氣啊！」不知誰先爆出這一句，先是阿珠哈哈一笑，現場接著轟然爆出一陣大笑，謝欣琪又是漲紅了臉。

「這一盤黑狗仔，妳媽媽小時候最愛吃，阿婆當時總會多夾一些在她的碗裡。」阿珠自己不動筷子，卻忙著跟小孩子夾菜，「這一盤菜脯蛋，你爸爸小時候最愛吃。」

「滷吳郭魚，呵呵，你爸爸還小的時候，經常跑到阿婆的推車旁，阿婆總是挑一尾最肥的大魚給他。」阿珠這邊夾一夾，那邊舀一舀，「來，你媽媽小時候最愛吃鹹菜。」

「阿坤叔公，您坐這裡，您的藤椅還沒有著落。」林靖怡負責把阿坤從他家中請過來，端出一張椅子，請他坐在外婆這台推前前的正中間。阿坤笑嘻嘻坐上來，身旁立刻擠進來好幾個村裡的小孩，大家爭相想坐在推車前，挨在阿坤身旁。

阿坤今天不再將上衣拉到胸前，他像是盛裝赴宴的紳士，穿上一件由義工送進來的短袖花格子襯衫，雖然尺寸是大了一點，但也正好能遮住肚子上那顆大西瓜。

「菜脯蛋，我媽媽小時候最喜歡吃。」林靖傑夾了一大塊，擺在阿坤的碗裡。

「九層塔炒黑狗仔，我媽媽小時候最喜歡吃，阿坤叔公，您嚐嚐看。」洪夢憶搶到阿坤右邊的座位，不甘示弱，馬上用湯匙舀起，擺在阿坤的碗上。

「炒蝸牛，很好吃，阿坤叔公多吃一點。」張繁燕更是不認輸，她爬上椅子，墊高腳尖，從謝欣琪手中搶下一支大湯匙，舀起一大堆的炒蝸牛，堆上阿坤面前已經尖尖滿滿的碗上。

檸檬蒸魚，月亮蝦餅，青木瓜沙拉，河粉，米紙春捲，甜米糕，酸湯，鳳梨飯，黃薑飯，鳳梨咖哩飯，幾個孩子忙個不停，一直將媽媽的自家料理堆到阿坤面前的盤子，此時的阿坤，猶如是被各國山珍海味所包圍的王公貴族。

「哈哈哈！」多年來從來沒大笑過的阿坤此時像是渾身被小孩子搔癢的老長輩，笑得無法自止，一向說不出完整句子的他，此時突然口齒清晰，一字一句慢慢跟這群小孩說著：「謝謝，謝謝，等叔公吃完再裝，你們也要趕快吃喔。」

土堤上一波波縱情歡樂的滾滾聲浪，大人小孩融融樂聚，邊吃邊聊，邊吃邊玩，在大馬路上來來去去的車輛放慢速度，大家紛紛好奇地打量這一群縱聲歡笑的快樂村民。

「都快認不出來了，喂，妳幾年沒回來了？」長年不曾在故土碰面的村民，如今一一聚攏在阿珠的推車旁，那股摻雜著予人溫飽和人情溫暖的絲絲食物氣息有如歲月觸鬚，環環相扣，勾動出共同的回憶，此時最容易聊起的話題當然就是相互關照對方多久未曾回到鄉里。

「看看人家這幾個外籍新娘，想回家看看她們的故鄉與阿母有多困難？南二高都已經直通林邊，只要開車，又不用搭飛機，你們這些年輕人真是不知惜福啊！」原本是嫁出去或是搬出去的村民互相探詢近況，彼此關照，阿珠一抱怨起來，大家當場都愣住了。

話鋒一轉，大家的談話焦點立即就兜攏在幾個南國姑娘身上。

「妳多久沒回家了？」

「什麼！七年了？」

「唉喲！妳嫁來十多年才回家一次？」

「搞什麼啦？孩子都快上小學了，妳竟然從來沒有回過娘家？」

「怎麼可以這樣離譜？村裡都沒有人關心這件事嗎？」

一波波的驚呼嘆息有如低氣壓旋渦，將原本恣意歡縱的滾熱現場捲入冷凝般的陰鬱氣息中。

「來坐呀！一道來吃飯！」土堤外的大馬路上轟隆轟隆開過一長隊的救災大小車子，大家才又點燃起熱絡氣氛，爭相高舉友善的招呼手勢，朝著路過的車子揮手。

「Thank You！」阿珠突然蹦出一句英文，朝著救災車子高喊，土堤上又是一陣哄哄笑鬧聲。

碰！碰！有人在廟前廣場施放煙火，一道又一道金黃色的火光如流星雨般灑下，老榕樹宛若被鍍上著一層晶亮光芒，狗狗們已經飽餐一頓，爭相拔足衝往廟前，準備過去湊湊熱鬧。

人語，笑聲，在土堤上恣意嘩嘩流轉，宛如又形成另外一道道燦爛的火光，和廟前天空上的煙火流星雨呼應，交相在官埔村的天空盡情揮灑著耀眼煙火。

二十六

被強風豪雨扯落的椰子葉隨著大水卡在蓮霧枝頂，老村長站在泥砂上，拖回好幾支，椰子葉拖曳在重新鋪設的柏油路上，引發出嘶嘶沙沙的迴音，繚繞在村裡每一角落，

老村長將椰子葉拖到湧泉一旁，將葉子清洗乾淨，晾曬在庭院中，傍晚時，見他拿出一支剪刀，坐在藤椅上，天色還未完全暗下來，他一旁的小桌子上就出現好幾十支扇子。

「來，一個人一支，這種扇子搧出來的風比冷氣更涼快。」老村長坐在藤椅上朝著路過的村民招呼。

村裡的孩子人手一支，站在老村長身旁，學著他搖動扇子的閒逸神情，張繁燕和林靖傑雙手抓著大扇子，一左一右，朝著老村長身上猛搧風，老人家的白鬍子好像是被山麻雀站上去的雪白蘆葦花，興奮得不斷顫抖，他瞇著眼睛，呵呵笑著享受

有如猛浪襲來的陣陣涼風。

廟前老榕樹的鬍子沒有孩子的大扇招呼，但是有了風兒的輕撫，逕自在陽光下微微搖晃著。

政府發放的救助金已經全數送到村民手中，老村長此時如釋重擔，但是讓他最窩心的卻是這幾個小孩子：「呵，孩子們竟然會請大人拿出一部分的救助津貼，幫村內幾個多年未曾回故鄉看看家人的外國配偶買機票，這幾個乖巧勤勞的外國女子今年總算能帶著孩子回娘家一趟了。」

「嗯，這個村子真是有人情味啊，村長這個職位，我是很樂意繼續幹卜去啦，下一屆別跟我搶，我，是說真的喔！」

「阿坤也要出錢，呵呵，補助款全部都丟給我，好幾萬塊錢喔，不跟他拿，還罵人，那麼多年像啞巴一樣，最近罵起我來卻可還真是字字分明，還有條有理啊。」阿諒舒舒服服坐在阮氏幫她修復好的藤椅上，不斷呵呵笑著。

「水災過後，回村子裡幫忙的人雖然戶籍不在此，領不到補助金，但是大家也紛紛向我探詢，看看能否出錢幫忙。」

「今年冬天和明年春天，母親節以前都已經確定吃不到蓮霧了，但是黑珍珠依舊會在這個小村子裡綻放著光芒，我可不是在說珠寶或是蓮霧表皮亮晶晶的光澤，而是人性的光芒喔。」

阿坤已經開始跟村人說些簡單對話，呵呵，現在卻輪到老村長總是一人喃喃自語著，而且，還掛著跟阿坤以前一模一樣的傻笑。

結尾

阿坤的房子不再缺一道牆，他的孩子幫他修葺完整，乾淨的衛浴設備，一間明亮的吃飯空間，師傅裡裡外外刷上一層雪白油漆，外牆已經再也看不到密密麻麻的小孩畫像，水災後阿坤的家，宛如是一棟新房子。

亮潔色彩所散發出的喜氣如斯寫實，宛如蟄伏多年，才從地下伏流一迸而出的縱聲歡呼。

傍晚，阿坤搬來竹梯，拿著一罐油漆和一支刷子，梯子擺在他家外牆邊，他坐在梯子上頭，幾隻狗狗搖著尾巴守在梯子下。

「又要亂畫了，唉！」大家嘆口氣，趕緊去將老村長找過來。

「阿坤，不要再畫了，你兒子請師傅重新粉刷這幾道牆還花了不少錢啊。下來，聽我的話。」老村長邁開大步，靠近屋旁，和顏悅色跟阿坤說著。

阿坤笑一笑，跟村長秀一下他手中的工具，大家這才看出他手中拿的不是平常到處亂畫的油漆刷和小畫筆，而是一支很大——很大的毛筆，阿坤沾些油漆，開始在牆的上沿動起筆來。

「在寫字喔。」大家的目光盯著他的大毛筆，「這次不是畫圖。」

風，阿坤先寫下一個「風」，爬下樓梯，退到馬路上端詳了好一會，這才掛著笑容再度爬上樓梯，一字接一字，樓梯慢慢挪動，寫下一長段文字。

風，沒有沾染任何顏色，卻能隨手一揮灑，就幫林邊溪點化出知性風雅；水，只是向四周大自然借來光影，卻時時為附近大小村莊妝點出萬千風情。

——謝致文寫於二〇〇九年，外婆的家，林邊鄉官埔村

【全文結束】

兒童文學32　PG1780

阿嬷的故鄉

作者／陳林
責任編輯／林昕平
圖文排版／周政緯
封面設計／蔡瑋筠
出版策劃／秀威少年
製作發行／秀威資訊科技股份有限公司
114 台北市內湖區瑞光路76巷65號1樓
電話：+886-2-2796-3638
傳真：+886-2-2796-1377
服務信箱：service@showwe.com.tw
http://www.showwe.com.tw

郵政劃撥／19563868
戶名：秀威資訊科技股份有限公司
展售門市／國家書店【松江門市】
104 台北市中山區松江路209號1樓
電話：+886-2-2518-0207
傳真：+886-2-2518-0778

網路訂購／秀威網路書店：http://www.bodbooks.com.tw
國家網路書店：http://www.govbooks.com.tw
法律顧問／毛國樑　律師

總經銷／聯寶國際文化事業有限公司
221新北市汐止區康寧街169巷27號8樓
電話：+886-2-2695-4083
傳真：+886-2-2695-4087

出版日期／2017年6月　BOD一版　**定價**／210元
ISBN／978-986-5731-75-5

秀威少年
SHOWWE YOUNG

國家圖書館出版品預行編目

阿嬤的故鄉 / 陳林著. -- 一版. -- 臺北市 : 秀威少年, 2017.06
面；　公分. -- (兒童文學 ; 32)
BOD版
ISBN 978-986-5731-75-5(平裝)

859.6　　106006546

讀者回函卡

感謝您購買本書，為提升服務品質，請填妥以下資料，將讀者回函卡直接寄回或傳真本公司，收到您的寶貴意見後，我們會收藏記錄及檢討，謝謝！如您需要了解本公司最新出版書目、購書優惠或企劃活動，歡迎您上網查詢或下載相關資料：http:// www.showwe.com.tw

您購買的書名：______________________________

出生日期：________年________月________日

學歷：□高中(含)以下　□大專　□研究所(含)以上

職業：□製造業　□金融業　□資訊業　□軍警　□傳播業　□自由業
　　　□服務業　□公務員　□教職　□學生　□家管　□其它_____

購書地點：□網路書店　□實體書店　□書展　□郵購　□贈閱　□其他

您從何得知本書的消息？

□網路書店　□實體書店　□網路搜尋　□電子報　□書訊　□雜誌
□傳播媒體　□親友推薦　□網站推薦　□部落格　□其他 ________

您對本書的評價：（請填代號　1.非常滿意　2.滿意　3.尚可　4.再改進）

封面設計____　版面編排____　內容____　文／譯筆____　價格____

讀完書後您覺得：

□很有收穫　□有收穫　□收穫不多　□沒收穫

對我們的建議：______________________________

____

____

____

請貼
郵票

11466
台北市內湖區瑞光路 76 巷 65 號 1 樓
秀威資訊科技股份有限公司 收
BOD 數位出版事業部

（請沿線對折寄回，謝謝！）

姓　　名：＿＿＿＿＿＿＿＿ 年齡：＿＿＿＿ 性別：□女　□男

郵遞區號：□□□□□

地　　址：＿＿＿＿＿＿＿＿＿＿＿＿＿＿＿＿

聯絡電話：(日)＿＿＿＿＿＿＿＿ (夜)＿＿＿＿＿＿＿＿

E-mail：＿＿＿＿＿＿＿＿＿＿＿＿＿＿＿＿